算了

Never Mind *Edward St Aubyn*

[英]爱德华·圣奥宾 著

邹欢 译

上海译文出版社

献给　安娜

第一章

早上七点半，伊薇特抱着昨晚熨好的衣服沿车道走到屋子里。脚下发出微弱的啪啪声，脚趾扣紧摇摇欲坠的凉鞋。鞋带断了，她走在满布车辙印记的碎石地上摇摇晃晃。墙的另一头，车道边林立的柏树下，她看到医生站在花园里。

他一身蓝色晨衣，九月的太阳还没升到花岗岩山山顶，他便早早戴上了墨镜。左手握着水管，把一股粗壮的水流引至他脚边匆忙穿过碎石地的蚁群。他手法娴熟：且让幸存的一批翻过湿漉漉的石头、整顿士气，再让滚滚水流冲刷而下。空闲的右手把雪茄从嘴中取下，烟从高凸额骨前棕灰相间的鬈发间升起。接着，他大拇指捏紧水管口，细窄的水柱更加强劲，冲向他一心置之死地的蚂蚁。

只要再走过一棵无花果树，伊薇特就能避开梅尔罗斯医生溜进屋。她自以为无花果树能遮挡住自己，但每次，梅尔罗斯医生都会头也不抬地张口叫住她。昨天，他滔滔不绝，她在一旁手臂都快废了，所幸他及时住口，衣服才没掉到地上。他对这些事情拿捏得极准。一开始，他恭敬得做作，向她这个普罗旺斯本地人请教对当地的西北风怎么看。待他和蔼地问起她儿子在船厂工作如何，酸痛已蔓延至她的肩膀并大举向脖子进攻。他又关心起她丈夫的背痛、问他们能否别让他在收庄稼时开拖拉机了，即便如此，她还是决意抵抗。今天，他没说“早上好，伊薇特宝贝儿”[1]来开启早晨一贯的嘘寒问暖。她猫着身，在无花果树低垂的枝桠掩护下进了屋。

这座庄园——伊薇特这么叫而梅尔罗斯夫妇称之为旧农舍——建在山坡上。车道和屋子的上层齐平，屋侧一道宽阔的台阶往下，通往客厅外的露台。

屋子另一侧的环状台阶通向一间放垃圾桶的小屋。冬季，水顺坡而下流经几个水池，但现在这时候，无花果树边的水渠安安静静，被碾烂破裂的无花果堵住了，果子落下来的那块地也因此脏兮兮的。

伊薇特走进高高的昏暗房间，放下要洗的东西。她打开灯，把毛巾、床单、桌布分门别类。十顶高柜塞满了折叠整齐的织品，全都没用过。伊薇特有时会打开橱柜，欣赏这些保存

---

1 若无特别说明，仿宋字体部分原文为法语，下同。

完好的收藏。有的桌布绣有月桂枝和葡萄串，只有在特定角度才会显现，织法独特。她还会用手指摩挲光滑白床单上绣的字母，餐巾一角字母 V 边上的一圈皇冠。她顶喜欢一串外文字上绣的独角兽，绣在几条最有年头的床单上，但同样，床单没用过。而且，梅尔罗斯夫人一再要求伊薇特只用门边小橱柜里的织品，那堆普普通通的素布是用了又用。

埃莉诺 · 梅尔罗斯从厨房疾步沿着低矮的台阶到达车道。她要是再走慢些，怕是半路就得磕磕绊绊，停下来，绝望地坐在台阶边的矮墙上。她恶心得要命，一点儿东西都不敢吃，先前抽的一根烟让她感觉更糟。她吐完后刷了牙，但嘴里还有胆汁味；吐之前也刷了，谁叫她本性乐观，无法彻底击碎刷牙止吐的妄想。自九月头，早上寒意渐浓，空气中已有秋的气息，但这对埃莉诺来说没什么影响，此刻她额上的汗珠隔着好几层粉底沁了出来。每上一级台阶，她双手抵住膝盖往前进，透过大墨镜盯着苍白双脚上的白色帆布鞋，暗粉色的生丝长裤像辣椒一样挂在腿上。

她脑袋里想着伏特加略过冰块，原本霜冻的冰块变得透亮，慢慢塌陷，咔咔作响，就像老到的整骨师手下的脊柱。所有黏稠的、不怎么方正的冰块漂浮着，丁丁当当，霜从冰块甩到杯壁上，冰凉圆润的伏特加含在她口中。

台阶左侧的车道坡度陡升，直通一片圆形空地，她的棕红色别克停在那儿的一棵日本金松下。庞大的车身下是白色轮毂，映衬着后方沿坡种植的葡萄园和橄榄林，车这么看上去稀奇古怪，但对埃莉诺来说，她看到这辆车好比一个在异国城市遭抢的游客看到自己国家的使馆，火急火燎地向汽车走去。透明的松香小颗粒粘在车玻璃上。一摊融了一根松针的松香粘在挡风玻璃底部，她想把它挑走，却把车玻璃越弄越脏，手指尖也黏得很。她一心想要上车，但又强迫症似的去刮松香，指尖蹭得脏兮兮的。埃莉诺喜欢这辆别克的原因无他：戴维从不开这辆车，也从不坐这辆车。房子和地是她的，用人的工资和酒钱是她付的，但只有这辆车是她真正拥有的。

十二年前初见戴维，她痴迷于他的外表。在冷冰冰的英国客厅里看着窗外自己的土地，人会自视甚高地染上一种表情，看上五百年，这种表情愈发顽固并且在戴维脸上臻于完美。埃莉诺从没搞明白过，为什么英国人觉得无所事事地老待在同一块地皮上是件了不起的事？不管怎样，戴维无疑向她明确了这点。他祖上是查理二世和一个妓女生的。“如果我是你，我会闭口不谈。”她第一次听他说时打趣道。他不笑，转而侧过脸，摆出一副让她日后生厌模样。他鼓起下嘴唇，看起来极力克制地咽下了一通狠话。

她一度钦佩戴维的从医之路。他告知父亲想当医生，而戴维的父亲梅尔罗斯将军立刻断了他的生活费，情愿把钱花在养雉鸡上。枪击人类和动物才是绅士的志趣，给他们疗伤是中产庸医的行当。梅尔罗斯将军对儿子冷淡不是一天两天了。第一次真正关心儿子是在他从伊顿毕业的时候，将军问戴维想做什么。戴维支支吾吾道："我不知道，先生。"他不敢说自己想作曲。儿子耽于钢琴虚度光阴，这哪逃得过将军的眼睛，他当即拍板军旅生涯可以克制戴维娘娘腔的冲动。"还是从军吧。"他说，不自在地佯装父子情深，递给儿子一支雪茄。

然而，对埃莉诺来说，戴维完全不同于那一小众英国势利鬼和他们游手好闲的远亲。他们喜欢刺激，期待周末，脑袋里装满了甚至不算他们自己的回忆，尽是回忆他们祖辈的生活方式，但实际上祖辈并不这么过日子。与戴维相见后，她感觉他是第一个真正理解她的人。现在，她找谁都不会找戴维去寻求理解。很难解释为什么会有这种转变，她尽力不去想他一直眼红她的钱、满足他自认为符合身价的上流幻想。或许正相反，她的钱把他变廉价了。结婚后，他旋即弃医。一开始，还讨论过拿她的一部分钱开个酗酒者收容所。某种程度上，他们做到了。

埃莉诺想到可能会和戴维打照面，又备感折磨。她勉强不去管挡风玻璃上的松香，爬上车，开着这辆笨拙的别克驶过台阶，沿灰扑扑的车道至半山腰时停下。她要去维克托·艾森家，带上安早早出发去机场，但在那之前得先喘口气。驾驶座坐垫下藏着半瓶喝剩的百事吉白兰地。她包里备有黄色药丸用来保持警醒，而警醒带来的恐惧和慌乱则用白色药丸来消弭。还得开很长一段路，她服下四粒黄色药丸，而非正常剂量的两粒，接着又担心加重剂量会让自己变得神经质，于是又服下两粒白色药丸，灌下一半的白兰地把药顺下去。她起先哆嗦得厉害，酒精虽还未融进血液但已见效，让她备感舒心和温暖。

原本正襟危坐的她陷入座位，这是她今天头一次从镜中认出自己。她平静下来，如同一个梦游的人在危险的跋涉后爬回了床上。她看到黑白喜鹊蹿出葡萄藤，紧闭的车窗隔绝了声音，还看到这两天的强风把原先映衬着灰色天空、竖立着的松树松针刮得干干净净。

戴维·梅尔罗斯厌烦了水淹蚂蚁，撒手不再给花园浇水了。这消遣失去了狭小的目标后，他顿感绝望。总有另一个蚁巢、另一个蚁巢密布的斜坡。他把 ants（蚂蚁）说成 aunts（阿姨），助长他想要杀人的冲动。他还记得母亲那七个不可一世的姐妹，倨傲又自私，他还是孩子时给她们露过一手钢琴。

戴维一边想着埃莉诺如今对他毫无用处，一边把水管扔在碎石地上。她总是战战兢兢，仿佛一位叫痛的肝大病人，医生知道她疼但还得触摸检查。她要是能多放松些就好了。

他记得十二年前的一个晚上，他邀她到自己的公寓共进晚餐。那时候，她可真依赖人啊！虽然俩人已经睡过，埃莉诺在他面前还是羞羞答答。她穿着一条特别不衬身材的黑色波点白裙。当年她二十八岁，因为头发平直、发型简单看上去更年轻。他觉得她稀里糊涂，又没精气神，但还算漂亮；不过，真正让他蠢蠢欲动的是她的一股犟劲，那种想一头扎进某种大事件却又不知道上哪找大事的无声的愤怒。

他做了一道摩洛哥菜，鸽肚里塞杏仁，下面铺有藏红花饭。上菜时他把餐盘往回一收。“可以为我做件事吗？”他问。

“当然可以。”她答道，“要做什么？”

他把餐盘放到她椅子后方的地板上，说：“可以不用刀叉或双手，直接从盘子里吃吗？”

“像条狗一样，你的意思是？”她问。

“像个假扮狗的女孩。”

“为什么？”

“因为我想要你这样。”

他喜欢冒这样的风险。她可能会拒绝并离开。如果她留下来且如他所愿，他会俘获她。古怪的是，两个人都没笑。

服从对方，即便是荒谬地服从，都实打实地诱惑着埃莉诺。她会牺牲她不愿信奉的那套——餐桌礼仪、尊严和自尊——来交换她真心想要的：牺牲精神。这种牺牲如果空洞并且没有帮到任何人，那就更显出这一举动的纯粹。她手脚跪伏在破旧的波斯地毯上，双手平放在餐盘两侧，双肘向外，伏低身子叼起一块鸽子肉置于齿间。她感到尾椎处的拉伸。

她向后一坐，双手置于双膝上，安静地咀嚼。鸽肉的味道有些奇怪。她微微抬头，瞄到戴维的鞋子一只在地板上，指向她，另一只悬在空中，近在咫尺。视线到他两腿交叉的膝盖处便停下，她再次弯下身，这次吃得更着急，在饭堆里拱着，双唇抿住一颗杏仁，接着晃晃脑袋把鸽肉从骨架上拆下。最后，她朝他看去时，一面脸颊上沾了肉汁、油光闪闪，嘴和鼻子上粘着黄米粒。

有那么几刻，他喜欢她，因为她照他说的做了。他伸出一只脚，鞋的边缘轻轻沿着她的脸颊往下走。他痴迷于她对他显示出的信任，但却不知道接下去要做什么，因为他的目标已达成，即证明他能够让她臣服。

第二天，他把事情告诉了尼古拉斯 · 普拉特。那天，他叫他秘书以他很忙为由，甩开高烧的孩子和假装偏头痛实为宿醉的女病人，坐在他的会所里喝酒。他喜欢在客厅蓝金配色的天花板下喝酒，这里总是有一种重要人士光临后留下的涟漪。迟钝、放浪还有默默无闻的会员在这样的氛围下精神振奋，正如大游艇驶出港湾时，同在港湾里停泊的小船也会上下浮动。

“你为什么叫她这么做？”尼古拉斯半戏谑半讨人嫌地问。

“她能聊的太有限了，你不觉得吗？”戴维答。

尼古拉斯没有回答。他感觉自己正被迫成为同谋，就像埃莉诺被迫趴着进食。

“在地板上，她就更聊得来了吗？”

“我又不是魔术师，”戴维说道，“不能让她变得风趣，但至少让她安静了。我真怕再和她聊有钱是多么痛苦。我一点都不知道这种痛苦，而她一点都不知道除此以外的其他东西。”

尼古拉斯轻声笑起来，戴维露露牙齿。尼古拉斯心想，要是有人觉得戴维浪费了自己的才华，不论哪样才华，笑肯定不是其中一项。

戴维走上连接花园和露台的右侧台阶。尽管六十岁了，他的头发依然浓密甚至有些狂野。脸出奇地俊俏，毫无瑕疵是这张脸唯一的瑕疵；像一个模型，没有烟火气，似乎无论这张脸的主人日子过得怎样，都不会改变它完美的轮廓。和戴维相熟的人等着看他衰老的征兆，却只见他的面具一年比一年高贵。深色的镜片后，不管他怎么端着脑袋，他的双眼实则在暗中闪烁，评判他人的弱点。诊断是他作为医生最致命的技巧，而且一旦诊断完毕，他通常都对病人兴趣寥寥，除非他们的病痛中有什么能勾起他兴致的东西。摘掉眼镜，他表情漠然，只有在发现他人的脆弱之处时才会变化。然后，他的眼神就像紧缩的肌肉一样变得冷硬。

他在台阶最高处停下。雪茄抽完了，他把它扔到墙后的葡萄园里。他对面是覆盖了房子南边的一片常春藤，已经泛红。他喜欢这颜色。这是对衰亡的抵抗，犹如一个男人朝折磨他的人吐唾沫。他刚看到埃莉诺匆匆钻进了她那辆可笑的汽车里。他还看到伊薇特想偷偷溜进屋，避开他。谁能责怪她们呢?

他明白，只有时不时表示关心、周到地为自己破坏性的本质道歉，他才能成功地恶意伤害埃莉诺。不过，他如今对她失望透顶，已放弃这些小花招。他知道她无法帮他解开内心那个无法言说的结。相反，他感到结越收越紧，好比笼罩着他每一次呼吸的窒息的可能性。

说来可笑，整个夏天他都在想雅典机场遇到的一个瘸腿哑巴。这个残疾人卖小袋开心果，往候机的乘客膝盖上散发小广告；他身体前倾，双腿不受控制地重重落地，头耷拉着，两只眼珠子向上翻。每次戴维看到那人嘴唇扭曲、发不出一个音来，仿佛一条在河岸上残喘的鱼，他便有一种勃起的感觉。

戴维听着脚下黄色拖鞋的唰唰声，走到台阶尽头，一扇门隔开了露台和客厅。伊薇特还未把窗帘拉开，这也好，省得他再拉上。他喜欢客厅昏暗贵气的样子。一把镀满金的暗红椅子，是埃莉诺的美国奶奶从一个老威尼斯家族搜刮来的，是她数次欧洲大扫荡的成果之一。椅子金光熠熠，映射在对面的墙上。购入这把椅子曾遭人诟病，但他却挺享受，明知它该放在博物馆里好好保存，却总要坐上去。有时，他一个人坐上总督椅——这把椅子素有此名——身体前倾坐在边缘，右手抓住雕刻繁复的把手，摆出在预科学校时看过的《插图版英格兰史》中的一个姿势。那张图画的是亨利五世，他因收到傲慢的法国国王送的一大堆网球而怒不可遏。

戴维置身于埃莉诺美国娘家的战利品中。墙上挂满了瓜尔迪、提埃坡罗、毕亚契达和诺韦利的画。一幅十八世纪法国屏风，屏面是密密麻麻的灰棕色猴子和粉色玫瑰，将长长的房间一隔为二。屏风后，从戴维站的地方看去，半露出一斗中式橱柜，柜顶整齐摆放着一排排瓶子，柜里的架子上是补充装。他给自己倒了一杯，想起他已故的丈人达德利·克雷格，一个有魅力的苏格兰酒鬼，埃莉诺的母亲玛丽甩了他，因为养他太贵。

达德利·克雷格之后，玛丽和让·德·瓦朗赛结婚，心想反正都要养男人，不如就找个公爵。埃莉诺从小在大房子里长大，房子换了又换，屋里的每一件物品看似都被某个国王或皇帝用过。这些房子棒极了，但宾客们离开时反倒松了一口气，他们知道自己不够尊贵，在公爵夫人眼里，配不上刚上坐的椅子。

戴维走向房间尽头的高窗。只有一扇拉开了窗帘，能看到对面山上的景色。他常常凝望撕裂的、裸露在外的石灰岩岩层。岩层看上去像数个人脑模型，它们被丢弃到绿色的山脊上，有时看上去像一个巨大的人脑，脑浆从数十个创口处溢出。他坐到窗边的沙发上，向外望，想激发出一种原始的敬畏感。

第二章

帕特里克朝水井走去。他手握一把灰色塑料长剑，金色手柄，挥舞着砍向露台墙缝中长出的缬草花。一看到茴香茎上有蜗牛，他便沿茎秆用剑把蜗牛刮下去。要是他弄死了蜗牛，他必须快快踩一脚再跑开，因为整个过程黏糊糊的，和擤鼻涕一样。接着，他回去看看灰色软肉中的棕色碎壳，后悔自己的所作所为。下雨后踩烂蜗牛是不对的，因为蜗牛只是出来玩耍，在叶片滴水而成的小水池中沐浴，伸展它们的触角。他一碰触角，它们猛地往回缩，他的手也猛地回收。对蜗牛来说，他就像个大人。

一天，他本不想去那里，但竟不知不觉又走到水井边。因此，他决定，他刚发现的这条路线是条秘密捷径。现在，每当他独自一人时，总会走那条捷径。他穿过一片橄榄林，昨夜里风来回吹动树叶，叶子从绿色翻成灰色，灰色又翻回绿色，好比他的手指来回划过天鹅绒，面料会来回变浅、变深。

他给安德鲁·邦尼尔看过这条秘密捷径，但安德鲁说这么走路程反而更远，所以他吓唬安德鲁说要把他扔到井里。安德鲁禁不起吓，哭了。安德鲁飞回伦敦时，帕特里克恐吓说会把他扔出飞机。抽噎，抽噎，抽噎。帕特里克根本不会上飞机，但他又吓唬安德鲁，说他会躲在地板下面，绕着安德鲁的座位锯出一个圆形。安德鲁的保姆责备帕特里克太坏，而帕特里克回嘴道，谁叫安德鲁是个哭包。

帕特里克自己的保姆已经去世。他母亲的一位朋友说，保姆去了天堂，但帕特里克去了葬礼现场，清清楚楚地知道他们把保姆装到一个木盒中、把她扔进洞里。天堂和地洞是反方向，所以那个女人骗人，除非木盒可以像包裹一样寄过去。保姆被装进盒中时，母亲哭得厉害，她说是因为想起了自己的保姆。胡说八道，她自己的保姆还活着呢，而且他们得坐火车去看望她，这真是有史以来最无聊的事了。她的蛋糕太可怕，中间只有一丁点果酱，外边围了一圈蓬松的糕体。她总说："我知道你喜欢这个。"瞎说，上次他明确告诉她不喜欢。蛋糕叫海绵蛋糕，所以他问这是不是用来洗澡的，他母亲的保姆一听，笑了，大笑个不停，还抱住他不放。感觉真恶心，因为她和他脸贴脸，她皮肤松弛下垂，就像他曾见过的悬在厨房料理桌边缘的鸡脖子。

他母亲为什么非得有个保姆呢？他的已经没有了，而且他才五岁。他父亲说他现在是个小男子汉了。他记得三岁时去英国的经历。是个冬天，他第一次看到雪。他记得站在马路上、一座石桥边，路面霜冻，田野覆着白雪，天空透亮，马路和树篱很惹眼，他戴着蓝色羊毛手套，他的保姆牵他的手，他们久久地站在那里看桥。他过去常想起那一幕，还有他们在汽车后座上，他把头枕在她的大腿上，抬眼望着她，她回以微笑，她脑袋后方的天空广阔湛蓝，然后他睡着了。

帕特里克沿小径走上一片陡峭的河岸，路畔有棵月桂树，小径的另一头便是水井。家里不许他在井边玩，但他偏偏最喜欢这儿。他有时爬到腐坏的井盖上，上蹦下跳，把它当作蹦床。没人能让他下来，也没人去劝他。木盖发黑，水泡状的粉色油漆已剥落。它嘎吱作响，听上去惊险，让他心跳加速。他力气不够大，一个人抬不起井盖，但当别人忘记阖上盖时，他会搜集一堆石头和土块，往井里扔。它们砸到水面上，深处回荡起水花声，接着陷入黑暗。

帕特里克爬到小径最高处，举剑宣示胜利。他看到井盖被推开了，于是开始找大石头，他能举起的最大的以及能找到的最圆的。他在周围找呀找，挖出一块红色的，双手并用才能抱起来。他把石头搬到水井平整的边缘，人往里够，双脚离地，直直看着一片漆黑，他知道那里有水。他左手稳住身体，把石块从边缘推下去，听到扑通一声，望着水面波动，起伏的井水吸收了天光又晃晃悠悠反射回去。井水厚重漆黑，不像水，更像石油。井壁干燥的砖块先是变绿接着变黑，他朝井底大喊。如果身体再往下些，他能听到自己潮湿的回声。

帕特里克决定爬到井口上。他磨损的蓝色凉鞋塞在石缝里。他想站到井口的岩架上，井口开着。他这么做过一次，那是为了和安德鲁比胆量。当时，安德鲁在井边劝他："别这样，帕特里克，下来吧， **求你了。**"安德鲁被吓着了，帕特里克才不怕。但现在他只身一人，蹲在井边，背对水面，他觉得头晕。他一点一点慢慢站起，站直的过程中，感受到背后空荡荡的邀请，它将他往后拉。他确信自己稍有动作脚下就会跌倒，于是捏紧拳头，收紧脚趾，用力盯井边的地面，尽力稳住身体。可他的剑还靠在井边，他想拿起来完成这场征服，因此小心翼翼地倾身，凭着坚定的意志力克服让他四肢无力的恐惧，够到了有刮痕凹陷的灰色剑刃。拾起剑后，他又慢慢屈膝，跳下岩架，落地大喊万岁，挥剑砍向假想出来的敌人，口中发出金属撞击的声音。他用刀面抽打一片月桂叶，剑尖刺向叶片下方的空气，同时一手捂住腰侧，发出一声垂死的呻吟。他会想象有一支罗马军队受到伏击，即将被野蛮人碾压。此时，他来了，带领一支身披紫袍的特殊部队。他最为骁勇，逆转了不可想象的败局。

他去树林里散步时，常常想起骑士艾凡赫，他挚爱的漫画之一里的主人公。艾凡赫砍下他所过之处的树木。帕特里克只能在松树林里弯弯绕绕，但他想象自己有能力开辟自己的道路，昂首阔步穿过小树林，抵达露台。他站在那里，从左至右的树木一击即倒。他在书里读到了一些东西，然后又东想西想。他在多愁善感的图画书里读到彩虹，接着他开始在雨后的伦敦街头看到彩虹，那是汽车的汽油弄脏了沥青马路，积水以不齐整的紫色、蓝色和黄色环状散开。

今天他不想去树林，想一路往下跳，跳完所有的梯阶。这感觉像飞一样，但有些墙太高，他不得不先坐在墙头，把剑扔下去，身体尽可能往下，接着一跳。鞋子里满是葡萄藤周围的干土，他脱了两次、朝下甩，才甩干净鞋里的泥土和石子。越靠近山脚，梯阶越宽阔也越矮，他可以轻松跃下。他深吸一口气，准备最后一跳。

有时候，他可以跳很远，远到感觉自己真是超人，而有时候，他逼自己跑得更快，因为心里想着去乔治家吃午餐的那一天，大风呼呼，那条阿尔萨斯犬追着他在沙滩跑了一路。那天他央求母亲放他出门散步，因为他喜欢看大风吹爆海面，就像把玻璃瓶往石头上砸碎一样。大家都叮嘱他别走太远，但他就是想再靠近石头。一条沙子小径通向沙滩，他正沿小径走着，一只肥硕的长毛阿尔萨斯犬出现在小山丘顶上，朝他吠叫。他看到狗离他近了些，拔腿就跑，起初还沿小径七拐八弯，接着索性直接跳下松软的斜坡，越跑越快，最后他跨着大步，手臂逆风展开，往山丘下冲去，到了石块间的半圆形沙地，紧贴最高的海浪。他抬头看，那条狗还待在几英里开外的山丘上，他心知它永远也抓不到他，因为他太快了。之后，他怀疑那条狗是否真想追他。

帕特里克喘着气跑到了干涸的河床。他爬到两丛淡绿色竹子中间的一块大石头上。他曾带安德鲁来过这里，玩他发明的小游戏。两人都得站到石头上，推对方下去。他们假装一边是个铺满碎刀片的坑，另一边是个装满蜂蜜的桶。所以，如果你掉下去，要么被刀片割了一百万道伤口致死，要么被厚重的金色液体淹没致死。安德鲁每次都掉下去，因为他实在太蠢了。

安德鲁的父亲也蠢，在某些方面。帕特里克曾去伦敦参加安德鲁的生日派对，他家客厅正中央有个巨大的盒子，里面有给其他小朋友的礼物。小客人一一排好队，每人领到一份后便跑开，比比各自拿了什么。帕特里克不一样，他把一份礼物藏在扶手椅下后又去领第二份。他倾身往盒子里捞包装闪亮的礼物时，安德鲁的父亲在他身边蹲下，问道：“帕特里克，你已经领过一份了，不是吗？”——不带怒意，声音反而像要给他糖吃一样。“这样对其他小朋友可不公平，因为你拿了他们的，对吗？”帕特里克不服气地看着他，说道：“我还没拿过礼物呢。”接着，安德鲁的父亲一脸受伤的表情，整一副可怜相，说道：“好吧，帕特里克，但愿我不会再看到你拿另一份。”就这样，帕特里克拿了两份礼物，但他还是憎恶安德鲁的父亲，因为他还想要拿更多。

现在，帕特里克只好一个人玩石头游戏，从石头一边跳至另一边，大幅度地动作来挑战自己的平衡。摔倒后，他假装没发生过，但心里知道这是作弊。

帕特里克犹疑地看着弗朗索瓦给他系的绳，绳系在附近的一棵树上，好让他荡过河床。他口渴了，开始朝屋子往回爬，选了一条葡萄藤下拖拉机轧出的路。剑成了累赘，他气呼呼地把它夹在腋下。他听过父亲曾说过一句搞笑的话。他对乔治说：“给他足够长的绳子，他能把自己吊死。”帕特里克起初不知道这是什么意思，但他渐渐确信，并且带着一丝恐惧和羞愧，认为他们在说弗朗索瓦系到树上的那根绳。那天晚上，那根绳在梦中变成了章鱼的腕足，箍紧他的喉咙。他想割断它，但失败了，因为他的剑不过是玩具。他们找到挂在树上的他时，他母亲总是大喊大叫。

即便不在梦里，要揣摩成年人说的究竟是什么意思，也有难度。有一天，他想到了该怎么去猜他们的心思：不就是不，可能就是也许，是意为可能，也许意为不，但这套方法最终行不通，他想可能不管说什么，他们的意思都是也许。

明天，葡萄园的梯田上将满是来采摘葡萄的人，一串串葡萄填满他们的桶。去年，弗朗索瓦带他去了葡萄园梯田。弗朗索瓦的手劲儿大，像木头一样坚硬。他的妻子伊薇特微笑时会露出几颗金牙。总有一天，帕特里克会把整口牙齿都换成金牙，才不要那么两三颗。有时，他会坐在厨房里陪伊薇特，而她则让他尝正在煮的菜。喂了他一勺又一勺的番茄、肉和汤后，问道："喜欢吗？"他看着她的金牙，点点头。去年，弗朗索瓦让他挨着两大桶葡萄，坐在货车一角。有时路面坑坑洼洼、地势陡峭，他转头问："还好吗？"隔着闹哄哄的引擎声和刹车声，帕特里克大喊回一句："是的，谢谢。"到了酿酒的地方后，帕特里克兴奋不已。里面又暗又凉快，地面用水冲洗过，强烈的气味，是正转变为酒液的果汁散发出来的。房间很大，弗朗索瓦带他爬上梯子，爬到高处的平台，下面是压榨机和所有的酒桶。平台是金属材质，上面有一个个小洞，在这么高的地方竟然脚踩小洞，感觉真滑稽。

他们走到压榨机上方，帕特里克往下看到了两个不锈钢滚筒上下交错运作，贴合得严丝合缝。沾了葡萄果汁的滚筒上下移动，滚动时发出巨响。平台边上有矮栏杆，正好到帕特里克下巴的高度，他觉得压榨机只有咫尺之遥。他望着机器，感觉自己的眼球和葡萄无异，同是软绵绵的透明胶质，还感觉眼球可能下一刻就会掉出眼眶，被滚筒轧烂。

帕特里克爬上房子右侧的台阶，因为那样能带来好运。快到屋前时，他折身进了花园，想看看无花果树上的那只蛙还在不在。能看到树蛙的确非常幸运。亮绿色的皮肤，在无花果树灰色树皮的映衬下，看上去更光滑了，而在近乎同色的树叶中，要找到树蛙实属不易。其实，这只树蛙帕特里克也就瞧见过两次，但每次他都定在那里，目不转睛看它隆起的骨架和外凸的眼睛，眼睛和他母亲黄色项链上的珠子一样。他还会久久凝视它前掌的吸盘，吸盘牢牢将躯干固定在树皮上。他最喜欢看它鼓胀的腰侧，脆弱如珠宝的身体因此充满生气，贪婪地呼吸着。第二次看到树蛙时，帕特里克伸出手，小心翼翼地用食指指尖碰了碰它的头，它纹丝不动。帕特里克感到了它的信任。

今天树蛙不在。他只好双手撑膝，有气无力地爬完最后几级台阶。他绕过房子，到了厨房门口，往上伸手去开吱吱呀呀的门。他本以为伊薇特在，但不见她的踪影。他打开冰箱门，一瓶瓶白葡萄酒和香槟挤在一起，丁丁当当。他转身去翻储存食物的橱柜，在下层的角落找到两瓶温热的巧克力牛奶。费了些工夫打开一瓶后，他不听伊薇特的话，直接对着瓶口把温热的液体灌了下去。喝完后，他突然觉得十分难过，好几分钟都坐在料理台上，盯着脚上晃悠的鞋看。

他听到钢琴声，隔着一段距离和紧闭的房门，音乐很轻。他起初没在意，直到听出这是父亲为他谱的曲后，跳下料理台，快跑穿过走廊，来到大厅。经过大厅后，他转为慢跑，进到客厅，并跟着父亲的曲调摆动。音乐狂野，一连串急促的高音，叠加隆隆的军队进行曲。帕特里克或在桌椅间或绕着钢琴蹦蹦跳跳，父亲停止演奏，他才安静下来。

“今天怎么样，男子汉大师先生？”父亲问道，热切地盯着他看。

“还行吧，谢谢。”帕特里克回答，心想这个问题是否有玄妙之处。他喘得上气不接下气，但在父亲面前必须集中精神。以前，他问父亲世上最重要的东西是什么，父亲的回答是，“要观察一切”。帕特里克时常忘记这句教诲，但在父亲面前，总是仔细地观察，即便自己并不清楚要找什么。他曾观察过父亲深色镜片后的双眼。眼珠随物、随人移动，在每件事物、每个人身上都停留片刻，仿佛窃取它们的活力似的，眼神黏着又迅速地一瞥，好比壁虎急速地伸缩舌头。和父亲在一起时，帕特里克严肃地看待事物，他望着父亲的双眼时神情严肃，他希望自己在别人眼里也是神情严肃的。

“过来。”父亲叫他。帕特里克靠近了些。

“要不要我拎你耳朵，把你拎起来？”

“不要。”帕特里克喊着拒绝。这算是他们之间的游戏。父亲伸手，用食指和拇指攥住帕特里克的两只耳朵，而儿子则抓住父亲的手腕。父亲假装要把他拎起来，但帕特里克可是当真了，抓住父亲，手臂发力。他父亲站了起来，把帕特里克拎至齐眼高。

“放手。”他说。

“才不。”帕特里克喊。

“你放手，我会同时放你下来。”父亲保证道。

帕特里克松开了父亲的手腕，但他父亲却还攥着耳朵。有一刻，他全身的重量都挂在耳朵上。他立马又抓住父亲的手腕。

“痛，”他叫道，“你不是说会放手吗。求你了，放开我的耳朵。”

他父亲仍旧让他悬在半空。“你今天学到了一课，”他说，“永远为自己着想。别让其他人为你作重要的决定。”

“求你放手，”帕特里克求道，“求求你了。”他快哭了，但强压下了自己的绝望。他手臂乏力，可一旦放手，他的耳朵感觉快被扯下来了，从脑袋边缘扯下，就像撕开一罐奶油罐口的金箔。

“你刚说了，”他大喊，“你说过的。”

父亲终于放下他。“别哭哭唧唧的，”他的语气透着无聊，“一点都不好玩。”他坐到钢琴边，又开始弹奏进行曲，但帕特里克这次不跳了。

帕特里克跑着离开房间，穿过大厅，跑出厨房，跑过梯阶，沿橄榄林跑进松树林。他找到了一片多刺灌木丛，躲到下面，滑到他最隐秘的藏身所。他坐在一片灌木丛下，背靠一棵松树，松树四周也都是灌木丛。他抽泣时像打嗝一样，喉咙仿佛被扼住，他努力让自己停止抽泣。

没人能找到这里，他想。他吸气，身体不由自主地抽搐，影响了他的呼吸。这感觉就像套毛衣，毛衣从头套上，但他却找不到领口，头乱钻到了袖口，衣服扭得乱七八糟，他估计自己永远也出不去了，他无法呼吸。

为什么父亲要那样做？任何人都不应该对另一个人做这种事，他想，任何人都不应该对另一个人做这种事。

冬天，小水坑结冰时，你能看到冰面下的小气泡，空气被困住无法呼吸：空气被冰猛地压入并困于水中，他非常讨厌那样，因为真不公平，所以他总是砸碎冰面，将空气释放。

没人能找到这里，他想。接着他又想到，要是真没人能找到这里呢？

第三章

安没有叫醒维克托，让他继续在楼下的房间里睡觉。才一年不到，他俩已经分房睡，只因为维克托打呼噜，并没有其他原因，让她睡不着。她光脚走下陡峭狭窄的楼梯，指尖掠过泛白的墙壁。到了厨房，她摘掉釉质剥落的水壶嘴上的哨子，轻手轻脚地做咖啡。

维克托的厨房有种破旧的热情奔放之感，亮橙色的餐盘，西瓜图案的茶巾，上面的西瓜切片仿佛在滑稽地呲牙。总之，摆满了他前妻伊莱恩的花哨便宜货。维克托还没离婚时，一直想抗议伊莱恩俗气的品位，但又怕一抗议反倒显得自己没格调。毕竟，有谁会在意厨房用具吗？它们重要吗？默不作声岂不是更有尊严？他素来欣赏戴维·梅尔罗斯确信的这一点：好品位背后是一种不怕犯错的自信，因为你犯错不关别人什么事。但维克托把握不了这一点。有时候，他会有那么几天、几分钟明确表达不满，有失风度，但最后总会恢复自己苦心经营的绅士人格；让墨守成规的人大吃一惊没什么不好，但一时得意有好也有坏，尤其当你也属这类人时。戴维·梅尔罗斯认定成功是庸俗的，维克托知道自己永远也达不到这境界。不过，他有时怀疑，戴维表现出对什么都兴趣缺缺、目空一切，是为了掩饰自己失败的人生，这么一想，难怪他傲慢。

叫安咋舌的是，像维克托这么聪明的人竟会被如此小事绊住。她一边给自己倒咖啡，一边对伊莱恩生出奇怪的同情。她们没见过，但安渐渐明白为何维克托的妻子会在一整套史努比马克杯里寻求庇护。

《纽约时报》伦敦分部曾派安·穆尔去采访著名哲学家维克托·艾森爵士，当时他看上去有些老派。见面时，他刚从雅典娜神殿酒店[1]用过午餐，毛毡帽沾了雨水留下暗暗水渍，置于大厅桌子上。他从马甲口袋里掏出怀表，一副古人做派，让安惊讶。

“啊，非常准时，”他说，“我喜欢准时。”

“噢，不错啊，”她回应，“很多人不喜欢。”

采访很顺利，顺利得那天下午到他的卧室继续进行。自那

1 The Athenaeum Hotel，伦敦的一家五星级奢侈酒店。

一刻起，安自发作出了这种解读：爱德华七世时代式的服装，做作的房子，酒后的八卦，不过是一位犹太知识分子的部分伪装，加之爵位，方便他融入传统英国生活。

接下来几个月，她和维克托同居在伦敦，其间所见所闻只能证明她那不痛不痒的解读实为美化，但她却予以无视。无数个周末，举个例子吧，是从周三晚的汇报开始的：多少英亩地，多少个世纪，多少仆人。周四晚是胡乱猜测的时间：杰拉德现在都坐轮椅了，还能玩枪吗？周五是忠告时间，一边开车一边说："**别**在这栋房子里打开你的行李。""**别**追着别人问东问西。""**别**像上次一样，问管家的**感受**。"周末的话题得到周二才结束，届时周六和周日的肉、茎、皮被榨尽，只余最后几滴酸汁。

她在伦敦见过维克托的聪明朋友，但一到周末，他们身边的人便换成有钱人，通常还都是傻子。维克托是这群人的**聪明**朋友。美酒和美画当前，他满足地发出嗬嗬声，而她的朋友则多会用"维克托可以给我们讲讲……"开头。她看到他们全程竭力让维克托发表睿智的见解，而维克托却使劲证明自己和他们恰恰是一类人，甚至还接地气地反复问：杰拉德**还在**玩枪，太好了，不是吗？杰拉德的母亲真厉害啊，不是吗？九十二岁的老太太思路还那么清爽，卖力打理花园呢。"她比我精神多了。”他叹道。

要是维克托晚餐后唱起歌来，那么至少可以确定他吃得不错。然而，要说他伦敦的房子不错，这种说法要打点折扣。他卖掉了原本地段一般但好歹是终身产权的房子，租了这栋市中心骑士桥的白色灰泥墙面房，房子出乎意料地大，付了十五年的租金。租约还剩七年。安认定这笔荒唐的交易能做成是因为哲学家都出了名地没常识。

七月，安到了拉考斯特，目睹维克托和戴维关系不错后，她终于对维克托产生了怀疑。她开始纳闷，维克托到底打算付出多少代价将时间浪费在社交活动上，而且干吗要浪费在戴维身上。

照维克托的话说，他们一直以来都是“不折不扣的同时代人”，这个词适用于任何一个同他年纪相当、学生时代没看过他一眼的人。“我和他在伊顿读书时就认识”，言下之意往往是他被某人狠狠嘲笑过。除了戴维，他只说过两位学者是他学生时代的朋友，而他与这两位已互不往来。一位是剑桥某学院的院长；另一位是公务员，因为工作听上去太无聊，许多人怀疑他是间谍。

她能想象出昔日的维克托，一个焦虑的学生，父母于一战后离开奥地利，落脚汉普斯特德，此后他们还帮朋友给弗洛伊德找住处。她对戴维的印象来自维克托的描述以及她作为美国人对英国特权阶级的认识。在她眼中，他当是大别墅中的一尊半神，村里的板球队请他开球，或闲坐在波普俱乐部，在那里，他可以自在地穿滑稽的马甲，而维克托连俱乐部的会员资格都搞不到。不知为何，维克托竟把波普俱乐部当成一桩严肃的事，在她看来，会员不过同大学橄榄球队明星球员一样，球员靠和啦啦队长交往炫耀，俱乐部会员则能以吐司烤焦了为由教训年轻的服务生。

维克托说了一大堆故事，给戴维铺了一条长长的红地毯，她走到尽头终得一见。她察觉到了戴维的傲慢，但他这种前途不再的废物的魅力，从美国来的她不为所动，只觉得他装模作样。她如实告诉维克托，后者听了摆出一张臭脸，不能苟同，辩解道戴维是聪明人装糊涂，因为对自己的境况看得太清而深感痛苦。“你的意思是他清楚自己讨人厌？”她问道。

安走回楼梯处，拿着铺满紫色爱心的橘色马克杯暖手，杯子冒着热气。要不是答应了埃莉诺一起去机场，她本打算窝在屋前两棵树间挂着的吊床上看一整天书。维克托一心想搭上梅尔罗斯家，强行让她上演一出“两个美国女孩出行”的戏码。梅尔罗斯一家，安唯一喜欢的是帕特里克。五岁的小孩还算有点热情。

起初，埃莉诺的脆弱让她心软，但如今她的醉鬼模样叫她来气。更何况，有些事安不能再做了：热衷救助他人，还喜欢指出他们的道德缺陷，尤其是她知道英国人最讨厌有见地的女人，除非她的见地站在他们这边。仿佛她每次打出了最大的王牌，最后却败在一张小王上。小王包括闲言碎语，虚情假意的话，无关紧要的双关，任何能把话题变得不那么严肃的东西。她厌烦脸上挂着致命微笑的人，而这些人的胜利源于愚蠢。

领悟到了以上真谛，和乔治·沃特福特打交道便不再是难事。这位公爵为了避税搬至海外，上周回国和梅尔罗斯一家共度周末，他的鞋底薄得不能再薄。脸格外僵硬，皱纹极细，就像他收藏的名家画作，当时他把画卖了可是“震惊了全国”。英国人不太问安对他们几位公爵的看法。公爵只需攥紧手中的藏品，至少十分著名的得攥紧了，然后他们便得以守护他人口中的“我们的遗产”。她对这号脸似蛛网的人物失望透顶，因为他竟然连自家墙上的伦勃朗都没保住。

安和他们周旋着，直到维杰·舍赫到来。他和维克托是点头之交，算不上朋友。他们相识于十年前，维杰作为辩论社团的主席邀请过维克托去伊顿，为哲学的“现实意义”辩护。自那以后，维杰和他以附庸风雅的明信片联络，偶尔在伦敦的派对上相遇。和维克托一样，维杰是伊顿出身的学者，但和维克托不一样的是，他格外有钱。

安为自己初见维杰时的无礼感到歉疚。他牡蛎般的脸色，颧骨处厚实得像长期受到腮腺炎困扰，这一可怕的背景之上，是一个大鹰钩鼻，一丛丛不听话的鼻毛窜出鼻孔。眼镜方正厚实，但要是摘下来，鼻梁泛红凹陷，无精打采的眼珠费力地从暗沉的眼窝中向外张望，这副模样看上去更糟。头发吹得十分干燥，硬邦邦地竖立着，像一坨长在头颅顶上的蛋白酥饼。先天缺陷那么明显，可他还不靠衣装来弥补。他最爱穿绿色喇叭裤，但论难看，远比不上他那些层出不穷的轻质外套，全都是污糟的格纹，外面缝有无盖衣袋。然而，他穿什么衣服都比裹着浴袍要好。安记得当时的惊恐，看到他的溜肩，肩膀上的白色脓包在一层厚厚的黑色鬈毛下呼之欲出。

要是维杰性格讨喜，他的尊容可能会让人心生怜悯抑或不那么介意。然而，和他处了几天，安确信人丑是因为心恶。他狞笑的大嘴巴天然又残酷。想笑时，泛紫的嘴唇一抽，如同扔进火中的烂树叶般扭曲。对长辈和强者溜须拍马、有说有笑，一旦嗅到弱者的气息便凶神恶煞，专捡好欺负的攻击。他的嗓音似乎是为傻笑独家定制，但他离开前一晚，在他们吵架时变得尖利刻薄，活像一个受到背叛的校长。和许多马屁精一样，他叫被奉承的人火大而不自知。见木头公爵时，他咕噜噜抛出一连串的奉承，甜如一瓶倾倒的糖浆。她偶然听到乔治之后向戴维怨道：“你的朋友维克托带来的那位实打实地可怕。不停同我讲里奇菲尔德的灰泥建筑。他一定很想做导游。”乔治嫌弃地嘟哝，戴维也嫌弃地嘟哝以应之。

一个小印度被英国贵族魔头嘲笑，通常情况下，会激得安全心全意为弱势群体鸣不平。然而，维杰一心想跻身英国贵族魔头之列，让她彻底没了好感。“我受不了加尔各答，”他咯咯笑道，“那些人，天啊，那么吵。”他稍作停顿，好让每个人赞许这位驻扎索姆的英国士兵的冷漠发言。

维杰迎合的嘀嘀声在她推开卧室门的那一刻淡去，门卡在凹凸不平地面的隆起处。这也是伊莱恩留下的，她拒绝改变她所谓的“房子原汁原味的感觉”。房门每次打开都会刮擦到六边形的地砖，如今地砖已被磨白。她不再往后推门，担心会把咖啡洒了，转而侧身蹭进房间，胸部在走动时蹭过小橱柜。

安把咖啡杯放到小桌上，圆形大理石桌面下是黑色金属桌脚，这是伊莱恩从公寓楼的旧货店里淘来的战利品，巧加利用当作床头柜。但桌子太高，她看不到桌上一堆书的书名，经常拿错。她总会抽到苏维托尼乌斯的《罗马十二帝王传》，早在八月初戴维就借给她，抽到它仿佛在批评她懒惰。她只瞥了一两章，有些抵触，恰恰因为此书是戴维推荐的。她觉得有必要再读一些，这样等到晚餐去还书时，好歹能说点有头脑的话。她只记得书中卡里古拉打算折磨他的妻子，为了弄清他自己为何如此忠于她。至于戴维是为了什么，她颇好奇。

安点了一支烟。她躺下，背靠一堆枕头和小靠枕，呷着咖啡，吞云吐雾，感到自己的思维更加细致和发散。唯一叫她扫兴的是维克托的卫生间里传来的水声。

首先，他会剃须，用干净的毛巾擦干净残留的剃须膏。接着，他会把头发尽量抹平，走到楼梯口大喊："亲爱的。"稍作停顿，再喊一遍，满是"不要闹了"的语气。要是她还不出现，他会叫道："早餐。"

有一天，安就"早餐"这句话作弄过他，戏谑道："哎呀，亲爱的，你怎么做了？不用不用。"

"做什么？"

"做早餐。"

"噢，我没有啊。"

"噢，我以为你叫出'早餐'，是说早餐做好了。"

"才不是，是说我想吃早餐。"

安猜得八九不离十。维克托的确在楼下卫生间奋力抹头。但一如既往，他松开手没一会儿，从小到大困扰他的鬈发又翘了起来。

他有两把象牙梳，没有手柄。用起来相当不便，但很传统。同样传统的还有他放剃须皂的木碗，剃须皂起泡效果比不上罐装剃须泡沫。维克托五十七岁，但看上去要年轻些。脸上的肉略下垂，下巴和嘴巴附近皮肤松弛，额前几道深深的纹路，只有这些显露出他的年纪。牙齿整齐，牙口好，泛黄。鼻子肥圆憨厚，但他更喜欢流线型的鼻型。女人都赞他的眼睛，浅灰色，稍下陷的橄榄棕皮肤衬得眼睛熠熠生辉。总之，陌生人会惊讶地发现，尽管看他的脸，他像一位衣着浮夸的地下拳击赛选手，但实际上，他是个语速快、嗓音醇厚的大舌头。

一袭纽和林伍德品牌[1]的粉色睡衣，丝质睡袍，红色拖鞋，维克托觉得自己堪称时髦。他走出卫生间；穿过粉饰过的卧室，卧室中挂绿色纱帐，拿大头针固定在窗户上方；接着走到厨房，在那里游荡，不敢叫安。

维克托在厨房犹豫的当口，埃莉诺到了。别克车身太长，

1 New & Lingwood，创立之初为英国贵族学校伊顿公学特供服装，后来成功打人英国上层社会。

没法蜿蜒开上维克托家狭窄的车道，她只好把车停到山脚下的松林边上。这片地并非维克托的，而是他的邻居福贝尔家的，这家人因生活方式古怪而在拉克斯特人人皆知。他们仍在用骡子犁地，家里不通电，一大栋破旧的农舍里，只有一间房住人，其他房间藏满了一桶桶红酒、一罐罐橄榄油、一袋袋动物饲料，以及成堆的扁桃仁和薰衣草。这一家维持着福贝尔老太太生前的样子；五十年前，当时还年轻的老太太带着一个玻璃碗和一座钟作为嫁妆嫁过来后，从未改变这家生活方式的一丝一毫。

埃莉诺对这些人好奇不已。在她的想象中，他们生活苦行又硕果累累，与中世纪教堂的彩色窗玻璃别无二致——葡萄园里的工人，背后是满满一箩筐的葡萄。她在法国农业信贷银行见过一个福贝尔家的人，那名男子气质阴沉，喜欢勒死家禽。不过，她欣赏福贝尔一家和大地有某种健全的联系，不像我们已经忘了怎么去做。她的确已经忘了怎么和大地联系。或许你得是个红皮肤的印第安人什么的。

她想克制自己的脚步，慢慢上山。天啊，她的脑袋在飞快运作，空挡运作，她汗如雨下，因极度兴奋而闪过一丝丝恐惧。很难找到平衡：要么像这样，太快，要么像蹚过沼泽来到审判的尽头，太沉。好在有初夏的蝉，蝉鸣声如同血液在她的耳朵里快速流动。这是一种里里外外的感觉[1]。

她在山顶前停下，像新娘走上教堂走道前在最后一面镜子里检查自己的头纱，她深呼吸，试图聚集残余的理智。下一刻，她感觉自己已没有人样，往前走几码路，双腿直颤。脸颊上的肌肉像舞台幕布一样往后抽，心脏快要蹦出胸腔。她下次一定得记住，黄色药片不能一下吃太多。吃的镇定剂怎么没作用？似乎被右旋安非他命的汹涌药效湮没了。噢，天啊，维克托在厨房里，依旧穿得像在做广告一样。她轻快自信地在窗外对他挥挥手。

维克托听到屋外碎石地传来脚步声，接着看到埃莉诺正热情挥手，他终于鼓起勇气叫了安。埃莉诺上蹦下跳，手臂举过头顶，交叉挥动，细长的金发左右晃动，活生生一个想引起直升机注意的海军伤员。

她做出“你好”的口型，嘴巴动作夸张，仿佛在和一个耳聋的外国人说话。

“门开着。”他喊。

不得不佩服她的精神劲儿，他这么想着，一边走到前门。

安正准备听他喊“早餐”，却惊讶地听到“门开着”。她

1　此处作者可能化用了保罗·麦卡特尼的《里面的东西》（Inside Thing）一歌中的歌词。

下床，跑下楼去迎接埃莉诺。

“你好吗？我还没换衣服呢。”

“我非常清醒。”埃莉诺回道。

“哎，亲爱的，你泡壶茶吧？”维克托问道，“想喝吗，埃莉诺？”

“不用了，谢谢。”

泡完茶后，安上楼换衣服，庆幸埃莉诺来早了。不过，看到她异常兴奋、涂脂抹粉的脸上全是汗，安认为还是别让她开车，得想法子自己开。

厨房里，埃莉诺叼一根香烟，在手包里摸索打火机。她的墨镜没摘，因此包里乱七八糟的东西难以分辨。凌乱散落的五六支焦糖色的塑料长管，装各式药丸，几包普莱尔牌香烟，一本蓝色皮革电话簿，几支铅笔，口红，一个金色粉饼盒，一小瓶菲奈特·布兰卡[1]比特酒，一张庞特街吉夫斯干洗店的票据。她不停在这些东西中翻找，红色的塑料打火机肯定在包里，但就是找不到。“天啊，我要疯了。”她嗫嚅。

“我想带安去西格吃午餐。”她高兴地说。

“西格？那得绕不少路吧？”

---

1 Fernet-Branca，意大利最知名的比特酒品牌。

"的确不顺路。"埃莉诺语气严肃，出乎她自己的预料。

"相当不顺路啊，"维克托耐着性子微笑道，"离得远，但你们的路线已经是去那里最近的路线了。不过，这条路线是不是太长了？"

"是啊，只是尼古拉斯的飞机要三点才到，而且那边的橡树林太漂亮了。"难以置信，又是这张干洗票据。估计包里有好几张。"还有修道院也值得一看，但时间估计不够。帕特里克一直想去机场沿途的狂野西部游乐场，我们也可以去那里看看。"翻翻，找找，翻翻，药丸，药丸，药丸。"我得找一天带他去。啊，打火机找到了。书怎么样，维克托？"

"噢，你知道的，"维克托顽皮地说道，"认知是个大话题。"

"有写弗洛伊德吗？"

维克托和人谈过这个问题。要说他为什么写这本书，是因为他不想再进行这样的对话。"我不是从心理分析学角度出发的。"

"噢，"埃莉诺边说边点上香烟、准备洗耳恭听，"我还以为——那个词叫什么来着？——嗯，和心理学十分相关。我是说，你在想什么决定了你是谁。"

"我或许会引用你这句。"维克托回道，"话说回来，埃莉诺，尼古拉斯这次带来的是他第四任还是第五任妻子？”

一点用都没有。她再次感到自己的愚蠢。和戴维、他的朋友在一起时，她总有这种感觉，即便她清楚他们才愚蠢。“不是妻子，”她解释，“他和第三任乔治娜离婚了，但还没和这个结婚。她叫布丽吉特。我想我们在伦敦见过，但印象不深。”安下楼了，一身白色棉质连衣裙和刚才的白色棉质晨袍几乎没什么区别。维克托是满意的，心想她显年轻，穿这么幼稚的裙子还挺好看。大脸盘、高颧骨、沉静的黑眼睛，她本就看上去文静，裙子愈发突出了她的这一特色，虽然实际性格并非如此。她轻快地走来。与之相反，埃莉诺让维克托想起了威什福特夫人[1]的一句话：“为什么，我的脸变得皮开肉绽：面容好似一面剥落的旧墙。”

“好了，”安说道，“我随时都可以出发，看你们。”

“你午餐不要紧吧？”安问维克托。

“大凡哲学家，我们并不在意那些事。我可以去库奇叶酒店来块羊排配*法式蛋黄酱*。”

“*法式蛋黄酱*？配羊排？”安问道。

“当然。这道菜让德·盖尔芒特馋得要命，一心想在晚餐

---

1 英国剧作家威廉·康格里夫（William Congreve, 1670—1729）所著喜剧《如此世道》（The Way of the World）中的人物。此处是她对着一面碎镜子的自言自语。

时吃到，完全不理会快死的斯万，他家可疑的女儿。”

安笑着问埃莉诺：“你家早餐时聊普鲁斯特吗？”

“不，但晚餐时常常说起。”埃莉诺回道。

两个女人道过再见后，维克托往冰箱走去。他一整天都空着，可以写书，这样想着，突然感觉饿极了。

第四章

“天啊，我好难受。”尼古拉斯一边哼哼，一边打开床头灯。

“真可怜。”布丽吉特睡眼惺忪。

“我们今天什么安排？我忘记了。”

“去法国南部。”

“噢，对。真是噩梦。几点的飞机？”

“十二点什么的。三点多什么的落地。我记得有时差，或者别的什么。”

“拜托，别再说‘什么’了。”

“对不起。”

“唉，真不懂为什么昨天我们那么晚睡。坐我右边的女人可怕得要命。估计很久以前有人夸她下巴漂亮，所以她决定再长一个，再一个，再一个。你知道吧，她是乔治·沃特福特的前妻。”

"谁的前妻？"

"你上星期在彼得相册里看到的那个，整张脸像敲下第一勺的焦糖布丁，满是小裂痕。"

"不是人人都能找到多金又好看的对象。"布丽吉特说道，一边在被窝里溜到他身边。

"噢，不要，亲爱的，停下。"尼古拉斯用自以为的英国北部方言说道。他翻下床，呻吟道："死亡与毁灭。"接着，戏剧表演般地弓身走过猩红的地毯，到了卫生间门前，门开着。

尼古拉斯手脚并用，布丽吉特挑剔地审视他的身体。去年他胖了不少。也许年纪大的男人并非良人。二十三岁的差距太大，而二十岁的布丽吉特与稀里糊涂一眨眼快步入三十岁的沃森-斯各特两家的几个姐姐不同，她还不是结婚狂。尼古拉斯的朋友全是皱巴巴的老男人，有几个委实无聊。和尼古拉斯过不上甜如蜜的生活。好吧，勉强也行；她做到了，但和巴里在一起时不同。尼古拉斯的音乐品位不行，穿衣打扮不行，格调也不行。她对不起巴里，但女人总得为自己着想。

至于尼古拉斯，他真的有钱、有貌而且是准男爵，好得仿佛简·奥斯汀小说里的人物似的。然而，没过多久，人们开始说"看得出来他以前挺帅"，其他人会打圆场说"哪里是以前，现在也帅啊”。最终，她很可能会和他结婚，成为第四任普拉特夫人。随后，她可以和他离婚，得到五十万英镑，不论怎样，巴里仍旧当她的性奴，而她在商店里仍旧称呼自己为普拉特夫人。天啊，有时候她势利得可怕。

她知道，尼古拉斯认为，他们的关系因为性才得以维持。的确，他们在一次派对上初识时是这样。当时，尼古拉斯喝得醉醺醺，问她是不是“天生金发”。呵欠，呵欠，真是低俗的问题。不过，巴里在格拉斯顿伯里，她又有些按捺不住，因此摆起脸色答道：“不如你自己来确认一下？”随后她溜出房间。他自以为确认了，但他并不知道她把所有的毛发都染成金色。如果你要化妆，最好化得彻底——她的座右铭。

卫生间里，尼古拉斯伸出舌头，欣赏厚厚的舌苔，昨晚的咖啡和红酒把味蕾染成了黑紫色，颜色还未褪去。取笑萨拉·沃特福特的双下巴固然不错，但实际上，他自己也有双下巴，只有像卫兵一样将脑袋高高昂起，双下巴才会消失。他没办法在下巴上刮面，因此涂了布丽吉特的化妆品遮掩。没有人想搞成《魂断威尼斯》中老皇后的模样，她的红色腮红厚重得像疟疾高热的病人，但尼古拉斯若不用粉黛遮面，会有一种人们所谓的“明显十分不健康的气色”。布丽吉特的化妆品相当基础款，她也有基础款服装，有时格外惊人。不论他人对菲奥纳的评价如何（某人曾对她评价刻薄），她却有从巴黎直送的上等的面霜和面膜。有时他好奇，布丽吉特或许并非（某人必须用微妙委婉的法语来说）不伦不类[1]。上周日在彼得家，她整顿午餐都像十四岁的青少年那样咯咯笑个不停。

她的背景也值得一说。他不确定沃森家族和斯各特家族是何时看对眼联姻的，但他看一眼便能肯定，这家人属于老牧师似的一类人，拼命要在《乡村生活》杂志上公布女儿订婚的消息。她的父亲热衷赛马，母亲喜好玫瑰。尼古拉斯带二老去考文特花园[2]听《费加罗的婚礼》，指挥家甫一登台，罗迪·沃森-斯各特便说道："一个门外汉。"这一家或许令人费解，不过大家一致认为布丽吉特可遇不可求，他走大运了。

如果有得选，下次结婚他不会找布丽吉特这样的。其他不说，她无知得彻底。她"读"《爱玛》能考 A，但自那以后，就他所知，她只看插图版的杂志，名为《绿野仙踪》或《毛茸茸的怪胎兄弟》，由她那位下流的巴里供货。对着上翻的眼珠、喷溅的肠子和脸酷似杜宾犬的警察，她能看上好几小时。倒是他自己的肠子，正痛苦地绞在一起，怕是要爆炸，他想在那之前让布丽吉特从卧室消失。

---

1 原文为法语，insortable。

2 Covent Garden，英国伦敦一地区，以皇家歌剧院闻名。

“亲爱的！”他大叫，或者说尽力喊出声，但声音嘶哑。他清清喉咙，往洗手池吐一口痰。

“做个天使，帮我去餐厅拿杯橙汁过来，好吗？再来一杯茶？”

“噢，知道了。”

布丽吉特一直趴在床上，慵懒地自顾自玩。她爬起来，煞有介事地长叹。天啊，尼古拉斯真无聊。要仆人来干吗呢？他待仆人要好过待她。她趿拉着走向餐厅。

尼古拉斯一屁股坐到柚木马桶圈上。他开始腻烦在社交和性上教育布丽吉特，因为他自认教学出色却发现布丽吉特爱理不理。此次法国之行后，他得去爱丝普蕾[1]给她买份礼物，犒劳她出行。然而，他并不想见那个佳士得古典大师部门的姑娘——一串珍珠项链衬蓝色羊绒衫——她愿意倾尽全力维护一位客户的财产，她还是一位将军的女儿，习惯循规蹈矩。这个女孩，他的思绪阴郁地扩散，喜欢威尔士边境上什罗普郡潮湿的山丘。这地方他还未能买下，尽管他名下类似的地产不少，还有“农夫”种地。同样还未到手的是普拉特俱乐部的会员资格。喜欢打趣的人不厌其烦地说：“但是，尼古拉斯，我以为

1 Asprey，英国伦敦的奢侈珠宝品牌，多次获得英国皇室御用证。

这地方是你所有的。”他树敌太多，选不上会员。

尼古拉斯的肠道动静有如爆炸。他坐着，汗流不止，与布丽吉特最喜欢的漫画中的某个偏执的神经病无异。他能想象胖子普尔厉声道：“这个男人真是讨人嫌，要是他们让他留在这里，我会搬去赛马场过下半辈子。”不该让戴维·梅尔罗斯推荐他入会，但谁叫戴维是他父亲的挚友呢？再说，十年前，他自己还没这么愤世嫉俗、不招人待见，还没在拉克斯特住那么久。

从科拉本巷到希思罗的路，尼古拉斯再熟悉不过。他因宿醉变得昏昏欲睡，还有些恶心。他累瘫在出租车的一角。布丽吉特对出国旅行已不那么兴奋，但仍觉得自己的生活光鲜亮丽。七月，尼古拉斯带她去了希腊，八月又去了托斯卡尼。

她不喜欢尼古拉斯的“海外旅行的英国人”装扮，尤其讨厌他今天戴的巴拿马帽，还把帽子倾斜遮住半边脸表示自己不想说话。她也不喜欢他过白的柞蚕丝夹克和黄色灯芯绒裤。他穿了深红色细条纹衬衫，硬邦邦的白色圆领，鞋子锃亮，她觉得丢人。他痴迷鞋子。有五十双，每双都是定制，除了个别细节外都长一个样，而这些微不足道的差异在他看来和天塌了一样严重。

另一方面，她认为自己的衣服性感至极。紫色迷你裙，黑色羊皮西部牛仔风夹克，手臂和背部缀有流苏，还有什么能比这更性感吗？夹克里面，你能透过黑色T恤看到乳头。脚上蹬一双黑紫相间的牛仔靴，脱鞋得花半小时，但值得这么麻烦，因为没人会忽视这双靴。

和人聊天，她有一半时间抓不住对方的重点。尼古拉斯想着，是否要告诉布丽吉特无花果的事。不管怎样，他不确定自己是否想让她听懂无花果的故事。事情发生在约摸十年前，戴维刚说服埃莉诺买下拉克斯特的房子的时候。当时他们还没结婚，因为埃莉诺的母亲极力反对，而戴维的父亲则威胁说不会给他留遗产。

尼古拉斯翻转帽檐。“我和你说过第一次去拉克斯特时发生了什么吗？”为保证故事达到效果，他强调，“就是我们今天要去的地方。”

“没说过。”布丽吉特恹恹道。又得听故事了，这些人她都不认识，事情大多发生在她出生前。呵欠连天。

“好吧，埃莉诺——你在安纳贝尔家见过，你大概忘记了。”

“喝醉的那个。”

“对！”尼古拉斯高兴地发现她还记得，“好了，埃莉诺——那时候还没开始酗酒，非常害羞拘谨——刚买下拉克斯特特的房子，向戴维嘀咕树上掉下来的无花果烂在露台上，太浪费了。第二天，我们三人在一起时，她又提起这件事。我看到戴维脸一黑，鼓起下嘴唇——绝对没好事，半带戾气半忿忿——说‘跟我来’。感觉像是跟着校长去他的书房。他大步迈向无花果树，埃莉诺和我踉跄地跟在后面。走到树下，看到石板地上落满了无花果。有些熟透轧烂了，有些摔裂了，蚂蜂或围着裂口四周飞或啃着黏黏的红白果肉。树很高大，地上的无花果相当之多。接着，戴维做的真绝了。他叫埃莉诺趴下，吃完露台上的无花果。”

“当着你的面？”布丽吉特瞪眼。

“没错。埃莉诺看上去真是摸不着头脑，说她看上去被出卖了或许更合适。但她没反抗，乖乖执行这项倒胃口的任务。戴维一颗都不准她剩下。她中途抬头求他：‘我吃不下了，戴维。’而他却抬起一只脚踩在她背上，命令她‘吃干净。我们觉得浪费太可惜了，不是吗？’”

“变态啊。”布丽吉特说道。

看到她如此反应，尼古拉斯很开心。效果达成，显而易见，他心想。

“那你呢？”布丽吉特问。

“我就看着，”尼古拉斯说道，“千万别惹那种状态下的戴维。过了一会，埃莉诺看上去不太舒服，我趁机提议把剩下的无花果收到篮筐里。‘别插手，’戴维开口道，‘埃莉诺不忍心看到无花果被浪费，因为世界上还有那么多挨饿的人。对吗，亲爱的？所以她得一个人全吃完。’他朝我呲牙一笑，又说：‘怎么说呢，她对吃的太挑剔了，你不觉得吗？’”

“哇！”布丽吉特叹道，“都这样了，你还去他家住？”

恰好此时出租车在机场航站楼外停下，尼古拉斯避而不谈。一身棕色制服的行李搬运工看到他，立刻赶来搬行李。尼古拉斯立定，如同在用热水淋浴，在道谢的出租车司机和卖力的搬运工之间享受片刻，他们都尊称他“老板”。他给叫他“老板”的人小费格外阔绰。他知道，他们也知道，这就是所谓的“文明社会的秩序”。

无花果的故事让布丽吉特的注意力较以往大大提升。登机坐定之后，她还记得刚问的问题。

“你喜欢这个男人哪点？我是说，他习惯这样大张旗鼓地羞辱别人吗？还做过什么吗？”

“好吧，我有耳闻，但没亲眼见过，他让埃莉诺去一个妓女那儿上课。”

“别开玩笑了。”布丽吉特捧场道。她在座位上侧身说：“变态啊。”

一位空姐端来两杯香槟，为飞机轻微误点道歉。蓝色眼睛，脸带雀斑，奉承地向尼古拉斯微笑。比起英国飞机上荒唐的红发空乘和寒酸保姆，他更喜欢这些法国航空上一般漂亮的空姐。没有自然的空气，耳朵和眼睑轻微受压，塑料口感的饼干甜点，酸涩的香槟，都让他感到疲惫。

布丽吉特散发的兴奋稍稍令他提起精神，而他仍未解释为什么会和戴维混在一起。他其实不想思考这个问题。戴维构成了他在乎的世界的一部分，仅此而已。或许有人讨厌戴维，但他令人刮目相看。娶了埃莉诺后，他根除了自己没钱的社交弱势。梅尔罗斯举办的派对至今仍旧在伦敦首屈一指。

尼古拉斯依着颈枕抬起下巴。他想满足布丽吉特的猎奇心理。她听了无花果故事之后的反应，让他隐约感到开拓了新可能但还不知如何利用，不过有这种可能性已令人振奋。

“要知道，”他向布丽吉特解释，“戴维是我爸的朋友，年纪稍小，而我又是他年纪稍小的朋友。他以前会来学校看我，礼拜天带我去泰晤垂纶酒店吃午餐。”尼古拉斯察觉到布丽吉特被他煽情的描述搞得兴致索然。“说到底，我喜欢他自带的厄运气场。他小时候钢琴弹得好，可后来得了风湿病，没法再弹了。”尼古拉斯说道，“他拿到了贝利奥尔学院的奖学金，但一个月后便回来了。他父亲逼他从军，他也半途而废了。他拿到行医的资格，但根本不想行医。你看，他几乎英雄式地辗转不停，饱受其苦。”

“听上去他不被人待见。”布丽吉特说。

飞机缓缓滑向跑道，乘务员在演示给救生衣吹气。

“就连他们的儿子，也是强奸生下的。”尼古拉斯观察她的反应，“你可别到处乱说。埃莉诺有天晚上亲口告诉我，她当时醉得一塌糊涂，抽抽嗒嗒。她一直以来拒绝和戴维上床，因为无法忍受他碰她。一天晚上，他把她撂倒在台阶上，把她的头卡在栏杆之间。法律上，当然，没有婚内强奸一说。戴维有他自己的法。”

引擎轰鸣。“漫漫一生中，你会发现，”尼古拉斯低沉道，接着，意识到自己过于自大，转而用他搞笑自大的声音说，“我就是这么发现的，这种人虽然可能对最亲近的人暴戾残忍，但通常都有一种活力，叫他人相形见绌、显得格外无聊。”

“噢，天啊，得了吧。”布丽吉特说。飞机加速，颤动着驶向苍白的英国天空。

第五章

埃莉诺的别克沿着缓缓的坡道开向西格，天空澄澈，只余一朵落单的云在阳光下渐渐消散。透过有色的挡风玻璃，安看着云朵边缘卷起、在光热中融化。车子前方堵着一辆橘色拖拉机，拖着一车的挂霜紫色葡萄；司机大方地挥手让路。别克车里，空调和缓了灼热的气氛。安想夺过车钥匙，但埃莉诺不许别人开她的车。现在，氛围略微僵持，冷气气流流窜，这让她开车的危险性反倒不那么突出了。

才十一点，安不敢想象该怎么度过漫长的一天。她刚问了帕特里克的情况，这是个错误，二人在车里尴尬、僵持地沉默着。安对他有一种母性的本能，这种本能恐怕比他亲妈还强些。埃莉诺反问她："为什么别人觉得问帕特里克的近况会让我开心？或者问戴维的近况？我不知道他们怎么样，只有他们自己有数。"

安哑口无言。过了好一会才又问："你觉得维杰怎么样？”

“没什么想法。”

“我也是。幸好他走得比预期的早。”安和维杰的争执，她吃不准该说多少。“他本来要和那位众人敬仰的老头，约翰逊什么的，待在一起。就是那个写烂书的，书名都神经兮兮，诸如《银莲花和雠仇》《古怪和古董》之类。你知道我说的是谁吧？”

“噢，他呀，老天，真吓人。他以前常去我母亲在罗马的家。他总说些‘这街上的乞丐摩肩接踵’的话，我才十六岁，听得憋屈。话说回来，那个叫维杰的有钱吗？看他说个不停，应该有钱，但看他打扮，怕是从没花过钱——肯定没花在治装上。”

“噢，可不是吗？”安回道，“他太有钱了：是工厂主、银行家。他在加尔各答养马球专用的马，却从不去加尔各答。我说的有钱就是这么回事。”

埃莉诺沉默了片刻。她默默觉得在这个话题上得争一争。她不想太快认同安所说的，即对加尔各答的马球用马不闻不问等同于富有。

“但抠门得要命，”安打破沉默，“因为这个，还有其他一些理由，我们吵了一架。”她现在想说实话，但仍举棋不定。“他每晚都打电话回家，回瑞士，和他的老母亲用古吉拉特语聊天。要是电话没人接，他会在孱弱的肩膀上围一条黑色披肩，活脱脱一个老太太。最后我不得不问他讨电话费。”

“他给了吗？”

“我大发一通脾气后，给了。”

“维克托有帮忙吗？”埃莉诺问道。

“维克托在粗俗的东西上忸怩，比如谈钱。”

道路驶入橡木林，两边是密密麻麻的橡树，树皮被剥落的地方露出新旧的伤口。

“维克托今年夏天写得怎样？”埃莉诺问道。

“基本没写。而且他在家里，别的事什么也不干。”安回道，“你想想，他来这里多久了？八年？他从没去隔壁的农夫家打声招呼。”

“地方真不错，不是吗？”埃莉诺说道。

“福贝尔一家？”

“是啊。一次都没去过。他们就住在三百码开外的农舍里，屋前两棵柏树。维克托的花园严格说来是他们家的，可双方从没说过一句话。他的借口是‘没有人引荐我们’。”安说道。

“他作为一个奥地利人，太英国了，不是吗？”埃莉诺笑笑，“噢，快看，我们快到西格了。希望能找到那家滑稽的餐厅。它在某座喷泉对面的广场上，喷泉已经变为青苔覆盖的土堆，还长出了蕨类植物。餐厅里面，墙上挂满了野猪头，獠牙擦得锃亮。野猪嘴漆成红色，所以它们看上去还能从墙后冲出来。”

“天啊，真可怕。”安说道，语气平淡。

“德国人离开这里时，”埃莉诺继续道，“战争结束时，他们把村里所有的男人都枪毙了，除了马塞尔，他是这家餐厅的老板。当时他正好不在村里。”

埃莉诺心血来潮的感慨让安哑口无言。她们找到餐厅后，安立刻舒了口气，又感到一丝失望，因为昏暗潮湿的广场并没有那么血腥阴森。餐厅的墙壁是仿松木板的金黄色墙纸；房间格外空荡荡，实际上只有两颗野猪头，房间被光秃秃的日光灯管照得刺眼。第一道菜是满嘴铅粒感的小块鸫肉，堆在油腻腻的吐司片上。接着上了一坨软烂的面条，上面铺了倒胃口的深色炖菜，安光扒拉上面的，不吃。红酒冰冷，口感粗糙，装在绿色旧酒瓶里，酒瓶上没有标签。

“地方不错吧？”埃莉诺说道。

“的确很有氛围。”安应了一句。

“看，马塞尔来了。”埃莉诺兴冲冲道。

“啊，梅尔罗斯夫人，刚没看到你。”他假装刚看到埃莉诺说道。他小碎步急匆匆地从吧台另一头绕过来，双手一边在有污渍的白色围裙上擦拭。安看到了他下垂的八字胡和异常巨大的眼袋。

他即刻给埃莉诺和安上了科涅克。他声称喝一杯对身体好，但安拒绝了，不过埃莉诺接受了，喝完又回敬一杯。他们又喝了一轮，聊起今年的葡萄收成，而安听不懂他的南部口音，想着自己不能开车，更后悔了。

她们回到车上时，科涅克和镇定剂各自发挥其效果，埃莉诺感到血液像滚珠一样流经血管，皮肤麻木无感，脑袋一麻袋硬币似的沉重，她慢慢、慢慢地闭上双眼，完全安静下来。

“喂，”安叫她，“快醒醒。”

“我醒着呢，”埃莉诺没好气道，接着好声好气又说了一遍，“我醒着。”眼睛仍旧没睁开。

“拜托让我来开吧。”安已经准备好和她争论。

“好的。”埃莉诺回答。她睁开眼睛，粉色血丝映衬下，双瞳显得格外湛蓝。“我信任你。”

安弯弯绕绕地从锡涅开向马塞，埃莉诺在路上睡了半小时。

埃莉诺醒后，神志再次清醒，说道：“天啊，那道炖菜太腻了，吃完负担真重。”右旋安非他命的药效回来了；同歌剧《女武神》的主题一般，它无法被长期抑制，它会以更低调、伪装更到位的形式出现。

“狂野西部是什么？”安问道，“我看到一路上都是牛仔海报，指路箭头从他们的帽子里戳出来。”

“噢，我们去吧，一定要去。”埃莉诺像孩子一样说道，“是个游乐场，整个游乐场都弄成了道奇城的模样。我从没去过，但一直想——”

“我们时间够吗？”安怀疑地问道。

“噢，当然够，才一点半，看，开到机场只需要四十五分钟。哎呀，去吧。只玩半小时。求——求你了？”

又经过一块广告牌，写着距离狂野西部四百米。深色的松树顶上，能看到仿驿站马车的小车厢，用亮眼的彩色塑料制成，悬挂在静止不动的摩天轮上。

“真的假的？”安说道，“太棒了吧？我们必须得去。”

她们穿过狂野西部的巨型酒吧门，发现两侧围绕着一圈白色旗杆，旗杆上挂着各国国旗。

“天啊，太好玩了。”埃莉诺说道。她难以抉择，到底要从哪个项目开始玩起。最后，她选了驿站马车摩天轮。“我想坐黄色的。”她说。每个车厢上人后，摩天轮一点一点移动。

最后，她们的车厢登顶，踞于最高的松树林之上。

“看！那是我们的车。”埃莉诺尖叫。

“帕特里克喜欢这里吗？”安问她。

“他从没来过。”埃莉诺答。

“最好快点带他来，不然等他年纪大了，就不喜欢这种东西了，你知道的。”安微笑道。

有那么一刻，埃莉诺看上去极度阴沉。摩天轮开始转动，带来一丝微风。向上移动时，埃莉诺感到胃部一紧。游乐场和周围的树木看得更清晰了，但她只感到头晕，两眼直瞪着白色的指关节，希望快点下去。

安察觉埃莉诺的情绪突然转变，她身边的人又变成了老气、富有又醉醺醺的女人。

她们下了摩天轮，沿着两边都是射击游戏的街道。“我们赶紧离开这鬼地方吧。”埃莉诺说道，“得去接尼古拉斯了。”

“跟我说说尼古拉斯吧。”安说道，想先了解他。

“噢，很快你就知道了。”

第六章

“所以这个叫埃莉诺的女人，是个实打实的受害者，对吗？”布丽吉特问道。在卫生间抽完一根大麻烟后，她睡着了，因此问了这个问题，来弥补之前的漠不关心。

“每个做出选择、和难搞的男人一起生活的女人，都是受害者吗？”

飞机一落地，尼古拉斯便解开安全带。他们坐在第二排，方便赶在其他乘客前面下飞机。然而，布丽吉特没有打开天鹅绒小袋里的粉饼盒，而是对着沾了粉的镜子自怜。

“走不走？”尼古拉斯叹气。

“安全带指示灯还亮着呢。”

“胆小如绵羊才看指示灯。”

“咩哈哈，”布丽吉特对着镜子咩叫道，“我就是胆小如绵羊。”

真受不了这个女人，尼古拉斯心里嘀咕。

“好吧，那我就是牧羊人，”他大声道，“而且别让我披上狼皮。”

“噢，天啊，”布丽吉特缩在座位里说道，“你的牙真大。”

“大才能咬掉你的头。”

“你才不是我外婆。”她听上去真心失落。

飞机停止慢速滑行，机舱响起一阵解开安全带的咔嚓声。

“快走吧。”尼古拉斯说道，一副公务口吻。他非常讨厌和奋力向前的游客一起，他们正推搡着走过通道。

他们移步至敞开的机舱门，面无血色、衣着华丽，哐啷啷地走下金属台阶，身后是假意为起飞晚点歉疚的机组人员，眼前是假意欢迎他们到来的机组人员。布丽吉特一边走下台阶，一边因热浪和燃料的废气味略微感到恶心。

尼古拉斯看到对面的飞机跑道上，一长队的阿拉伯人正慢慢登上法国航空的飞机。他想起 1962 年的阿尔及利亚危机，当时受到背叛的殖民地居民威胁要空降进入巴黎。但转念一想，给布丽吉特解释这件事要费多少口舌，他想想还是不提了。布丽吉特估计以为阿尔及利亚是一位意大利服装设计师的名字。一种熟悉的渴望再次升起，他希望能找到一个三十出头年纪、在牛津学过历史的知识女性；虽然他已和两位这样的女性离婚，但这丝毫不影响他即刻的心血来潮。她们的皮肤可能松垮地挂在骨头上，但言之有物的对话的记忆更加诱人，仿佛一阵浓郁鲜香的饭菜味飘进无人问津的牢房。可再想想布丽吉特肉体的滋味，他知道他又会推翻以上想法，如同和一个勉强可以交谈的女性一起挤公交车一样，这种痛苦来得快去得也快。理论上，当然，他身边的女人——他和其中几个发生过婚外情——综合了一些特质，他会多此一举地比较这些特质。他知道，他心里永远也不会一心一意地欣赏她们，总有什么分散了他的忠诚。

折叠车门关上，公交车颤抖着发动起来。布丽吉特坐在尼古拉斯对面。奇葩的短裙下，她光着腿，双腿纤细，堪为极品。他带着色情意味，把腿和她其余的身体部位剥离，想到这是给他碰的，兴奋不减。他交叉双腿，隔着灯芯绒长裤僵硬的竖纹，调整放松皱褶的平角内裤。

只有当他想到这双美腿是属于谁的，借着短暂的勃起，他每时每刻的烦躁才稍得抚慰，虽然这抚慰碍手碍脚。说实话，逡巡她腰部以上的身体，沿着流苏皮衣袖子，一路到她脸上乏味僵硬的表情，他一阵反感，顿觉陌生。为什么他要带这样一个可笑的生物去戴维 · 梅尔罗斯家？要知道，戴维 · 梅尔罗斯眼光毒辣，更别提他是个毫不留情的势利眼？

航站楼一股消毒水气味。一身蓝色工装服的清洁工飘过亮晃晃的地板，她开着清洁车小幅度地前后移动，在嵌有透明石子的廉价白色大理石地板上，机器的圆形擦板发出嗡嗡声。布丽吉特仍旧石化似的，被地上的颜色迷住了，仿佛那是一片镶着燧石和水晶的白色天空。

“你看什么呢？”尼古拉斯突然问道。

“地板很特别。”布丽吉特答。

在护照检查台，她找不到自己的护照，但尼古拉斯不愿在即将见到埃莉诺前闹得难看。

“相当奇怪，在这个机场，人先通过大堂再去取行李。”尼古拉斯说，“埃莉诺估计在行李处等我们。”

“哇！”布丽吉特说。“我要是走私犯，”她停顿一下，等着尼古拉斯反驳，“这个机场会是天堂。我是说，一整个大堂，你可以在这里先把行李神不知鬼不觉地交给某人，满满一箱的好东西，然后再去取你合法的行李，随后出关。”

“我就欣赏你这点，”尼古拉斯说，“你很有想法。要是从事广告业，你可能前途无量；不过就马塞当局而言，他们有更为棘手的问题，你手提包里带入境的‘好东西’是次要。不知道你发现没，但……”

布丽吉特不再听他嘴贱。他只要开始装正经，总会唧唧歪歪；事实上，他时刻都这样，除了在床上或想讨好某人时。她走在他身后，吐舌头。吧啦，吧啦，吧啦……无聊，无聊，无聊。

布丽吉特捂住耳朵，低头看自己趿拉的双脚，而尼古拉斯则自顾自前行，大肆嘲弄布丽吉特无聊的走私想法。

再抬头，布丽吉特看到一个熟悉的身影。是巴里，他正靠着报刊亭边上的柱子。巴里总能察觉到落在自己身上的视线，鉴于他的情绪他把这归因为自己的“妄想狂”或“传感器”。

“布丽吉[1]！真没想到！”

“巴里！你需要的是爱。”布丽吉特大声念出巴里T恤上的文字，笑道。

“真是太好了。”巴里用手指顺了顺他的黑色长发，说道，“我今早刚想到你。”

巴里每天早晨都想布丽吉特，但今天不止想了，还在机场碰到本人，可谓精神控制法奏效的实证，这令他惊异。

“我们要去阿尔勒参加革新爵士音乐节。”巴里说道，“哎呀，你也一起来吧？会很精彩的。有巴克斯·米勒曼的演出。”

---

1 布丽吉特的昵称。

“哇。”布丽吉特倒吸一口气。

“哎，听我说，”巴里接着道，“我把艾蒂安酒店的电话给你。我会住那儿，或许我们能见一面。”

“好，”布丽吉特道，“太好了。”

巴里抽出一大张瑞兹拉牌卷烟纸，潦草地写下一个号码。“别拿来抽烟啊，”他开玩笑道，“不然我们将永远失联。”

布丽吉特给了他梅尔罗斯家的号码，因为她知道他不会打来，而且二人根本不会见面。“你来这儿多久了？”她问道。

“十天左右，我能给你的唯一忠告是，**别喝桃红酒**，全都是化学添加剂，宿醉的感觉比猛嗑兴奋剂后的感觉还糟。”

尼古拉斯突然大声打断。“你在搞什么鬼？”他瞪着她，“你真是得寸进尺，一声不吭在那么大的机场里乱跑。我他妈拖着这些行李箱到处找你，找了十五分钟。”

“你该推辆推车的。”巴里说道。

尼古拉斯当他没说过话似的，不看他一眼，直视前方。“别再这么做了，不然看我怎么修理……啊，埃莉诺来了！”

“尼古拉斯，不好意思。我们在游乐场坐摩天轮耽搁了，摩天轮不让我们下来，反而又转了一圈。你能想象吗？”

“不愧是你，埃莉诺，总是能享受超出预期的乐趣。”

“好吧，总之我来了。”埃莉诺向尼古拉斯和布丽吉特挥手打招呼，擦玻璃窗似的划出一道扁平的弧线。“这位是安·穆尔。”

“你好。”安打招呼道。

“你好啊。”尼古拉斯回应，接着介绍了布丽吉特。

埃莉诺带他们去停车场，布丽吉特转头朝巴里抛去一个飞吻。

“再见，”巴里一根手指戳着 T 恤上的金句说道，“别忘了。”

“和你女朋友聊天的那个帅哥是谁？”埃莉诺问道。

“噢，不过是飞机上认识的。”尼古拉斯说道。在机场碰到巴里叫他生气，有那么一刻他甚至怀疑是布丽吉特刻意安排的。这想法毫无道理可言，但就是挥之不去，一上车他就轻声问她：“你和那家伙说什么了？”

“巴里不是家伙，”布丽吉特道，“我就喜欢他那样，你要真想知道，他说‘别喝桃红酒，全都是化学添加剂，宿醉的感觉比猛吃一顿还要糟。’”

尼古拉斯翻翻白眼，接着给她摆脸色。

“他说得对极了，当然。”埃莉诺说道，“或许我们应该请他来吃晚餐。”

第七章

拧着帕特里克的耳朵把他拎起后，戴维又眼看他逃出书房，接着他耸耸肩，坐到钢琴边上，开始即兴一首赋格曲。他的手因风湿病，每按一个键都在抗议。一杯茴香酒，看似一朵被困的云彩，置于钢琴上。他的身体整日疼痛，夜里每换一个姿势都会痛醒。他也常常因为噩梦难眠，抱怨、大叫，他的失眠声响彻隔壁的几个卧室。他的肺也随之不好受，哮喘发作时，他呼哧喘气、咯咯作响，因为使用可的松舒缓压缩的胸腔，他的脸浮肿起来。走到楼梯最顶上，他停下、大口喘气，说不出话，双眼涣散地望着地板，仿佛在找他急需的氧气。

十五岁时，他的音乐才能引起了钢琴名师夏皮罗的注意，这位老师每次只收一名学生。然而，还不到一个星期，戴维就患上风湿热，卧床六个月，双手变得僵硬、笨拙，无法再练习钢琴。这种病彻底抹杀了他成为真正钢琴家的机会，此后，即便他仍心系音乐，但对外宣称厌烦了作曲以及在纸上作曲必不可少的那些“成群的小蝌蚪”。这倒起了反效果，他有成群的倾慕者，恳求他在晚餐后弹上一曲。他们总嚷嚷着要听上一次的曲子，但他早忘了；他们又会爱上这次的曲子，但他很快也忘记了。他忍不住要取悦他人，带着傲慢展示才华，散布着他曾经暗自紧紧守护的音乐。

即便受众人吹捧飘飘然，他知道在浮夸地消磨才华的背后，他从未摆脱对模仿的依靠、对平庸的恐惧，并怀疑当初那场突如其来的高烧是他故意为之，这一疑虑长久地折磨着他。但知道这点毫无用处；知道失败的原因并不会让他的失败减一分，倒是让他的自我厌恶多一分纠结，与不知道自己为何失败相比多一分清醒。赋格曲继续，戴维气愤地重奏着直击主题，泥石流般隆隆的低音掩盖了最初的曲调，一阵阵不和谐的音符爆发，破坏了曲子的发展。在钢琴面前，他有时能抛开充塞他言辞的嘲讽，被他欺负、调侃得恼怒的客人则动容于书房中音乐传达的尖锐的痛苦。从另一方面来看，他弹琴就像开机关枪，把敌意倾注到音乐中，激起他们和他交谈的念头，从而再次用言语重伤对方。即便到了那时候，对极欲抵抗他影响的人来说，他的演奏还是阴魂不散。

戴维突然停止演奏，盖上琴盖。他喝了一大口茴香酒，右手拇指开始按摩左手手掌。越按越痛，却给他带来了心理愉悦，一如他撕开结痂的伤口、用舌头舔舐脓肿或口腔溃疡，戳按淤青的皮肤时的所感。

大拇指戳了几下，手掌的钝痛因而变得尖锐；他俯身拿起了抽到一半的蒙特克里斯托[1]雪茄。照理来说，雪茄的纸带应该撕下来，所以戴维偏不撕。再细小的规则，他人说服自己因为这样做才是对的、必须遵守，但对戴维来说，打破它们叫他大为畅快。他厌恶庸俗，包括避免让自己看起来庸俗的庸俗。在这一圈子更小的游戏中，他认可的玩家一只手数得过来，其中有尼古拉斯·普拉特和乔治·沃特福特；他动辄看不起人，即便一个人把纸带留在雪茄上，他也瞧不上。他喜欢看维克托·艾森，大思想家，在浅显的水中费劲摆动，每次维克托费力想跨过他所属的阶层和他想要成为的阶层之间那条线，都让他看得更加入迷。

戴维掸开蓝色羊毛长袍上细软的烟灰片。每当父亲死于肺气肿的事像烟一样吸入他脑中，他都会恼怒，因为担心自己也可能因此而死。

在睡袍下面，他穿着一身缝缝补补的褪色睡衣，在父亲下葬那天这身睡衣变成了他的。父亲葬于他自己房子的附近，一

1 又译“基督山”，古巴雪茄品牌。

块小小的教堂墓地。临终前几个月，他透过书房的窗户盯着这片墓地。他戴氧气面罩，幽默地称之为“气罩”；因为没法克服“楼梯训练”，他睡在书房，并给它取名“出发休息室”，里面是一张他叔叔留下的克里米亚行军床。

戴维兴致寥寥地参加了沉闷传统的葬礼；他早就知道自己被剥夺了继承权。棺材缓缓下放至地下，他想到：他父亲一生中有多少时间是在这样或那样的沟堑中度过的，他对鸟或对人射击，沟堑可真是最适合他的地方。

葬礼之后，宾客尽散，戴维和母亲上楼去了父亲的卧室，再次哀悼故人。听她语气，神采十足，对他说“我知道他本想把这个给你”，她把一套折叠整齐的睡衣放到床上。见戴维不做声，她握住他的手，短暂阖上淡蓝色的眼睑，来表示这些东西无法言说，但她知道，这一小叠黄白相间的睡衣会让他多珍视，衣服是从邦德街上一家一战前就倒闭的店里买来的。

现在，这身黄白相间的睡衣穿着有点太热了。戴维从钢琴凳上起身，睡袍敞开，吞云吐雾地踱步。无疑，他气帕特里克逃跑了。扫了他的兴。他承认，他可能错估了自己在安全范围内能给帕特里克施加的不适程度。

有人说童年是一个浪漫的神话故事，戴维早已看透，这反映在他的教育方法上。孩子是软弱、无知、袖珍版的成人，应该全力刺激他们，来修正他们的软弱和无知。就像沙卡国王，这位伟大的祖鲁战士，他令自己的军队踩踏荆棘灌木丛，以此锻炼他们的双脚。一些士兵在当时可能讨厌这种训练，但戴维决定磨出孩子名为失望的老茧，让他自立。毕竟，他还能给他什么呢？

有时，他觉得这么做毫无意义，无所适从，继而气急；他觉得自己像个农夫，眼看一群乌鸦洋洋自得地立在他最心爱的稻草人身上。

但他勇敢地秉持初心。不，期待帕特里克的感恩之情又有何用？尽管有一天他可能会意识到，就像沙卡的某位士兵——他坚实的脚掌跑过荆棘地一样，明白自己多亏有个原则坚定的父亲。

帕特里克刚出生时，戴维曾一度担心埃莉诺会在孩子身上寻求慰藉或激励。他小心眼得很，没让埃莉诺得逞。最终，埃莉诺撒手不管了。在帕特里克还没学会控制大便前，她便相信他有“智慧”，这种自信盲目但又容易理解。她不堪恐惧和愧疚，索性将他放到一叶纸做的舟上，强推他向下漂流。戴维固然担心妻子和儿子母子情深，但比起这来，他更陶醉于孩子这块白板，这块任由他巧手揉捏的橡皮泥。

戴维整天都处于气呼呼或不耐烦的状态，但他杜绝一惊一乍。不过，此刻他一边上楼去穿衣，一边惊讶地感到突如其来的火冒三丈。一开始，他气帕特里克逃跑了，现在更是怒不可遏。他大步走进卧室，气得噘起下嘴唇，双拳紧握，但同时急切地想摆脱这种情绪，好比一个人刚乘直升机着陆，佝偻着等不及要远离飞转的螺旋桨。

卧室仿修道院风格，宽敞、全白，不铺地毯，到了冬天，一开地暖，深棕色的地砖便奇妙地温暖起来。墙上单挂一幅画：耶稣头戴荆棘王冠，一根棘刺扎进他浅色的眉毛。一道鲜血从光滑的额头向水汪汪的双眼滴落，他两眼怯怯地往这顶不同寻常的头饰看去，仿佛在问："这真的是**我**吗？"这是柯勒乔的画，不用说，是整栋房子里最贵重的物件，戴维执意要挂到自己卧室里，贴心地说只要这一件就够了。

棕色镶金的床头板是埃莉诺的母亲还是瓦朗赛公爵夫人时购置的，卖家向她保证拿破仑曾头靠这块板休息过。因为它，再加上福图尼深绿色的丝质床品，上绣浴火凤凰，卧室少了份质朴。窗帘采用同种面料，挂在一根简洁的木杆上，窗外是阳台，铁艺栏杆。

戴维急躁地打开窗门，走到阳台上。他看着一排排齐整的葡萄藤，一块块长方形的薰衣草田，一丛丛松树，再远处，贝卡斯和圣克劳伍德村铺展在山丘地势较低的地方。"像两块奇形怪状的头盖骨。”对他的几个犹太朋友，他喜欢这么说。

他将视线转移至上方，审视蜿蜒起伏的山脊，在今天这个大晴天，山脊看上去近在眼前又远在天边。他一边寻找景色中能接收并回应他情绪的东西，一边心想——有这念头已不是一天两天了——要统治整个山谷轻而易举，只需在双手紧握的栏杆上架一挺机关枪。

他烦躁得很，正欲转身回房之际，眼角瞥到了阳台下方的动静。

帕特里克不想离开藏身处，可这里没阳光、冷飕飕的，因此他在灌木丛中爬来爬去，不情不愿地，他开始往家的方向走，穿过一片高高的干草。与其一个人闷闷不乐，不如找人诉苦，只可惜身边没人。他不敢用消失的方式惩罚他人，因为他都不确定他们会不会注意到他不见了。他磨蹭地往前走，接着绕到墙头，眺望山谷对面的高山。山顶有巨石，略小一些的岩石则零星点缀着山体两侧，组成任由他想象的形状和面孔。一只鹰头。一只丑陋的鼻子。一群小矮人。一个络腮胡老头。一艘快艇，还有无数张麻风病人似的肥胖面孔，因为注视石头太久产生了朦胧的流动感，这些面孔看上去还有深陷的眼窝。过了一会儿，他已经不知道自己在想什么了。好比商店橱窗有时会阻隔人往里看东西的视线，反而投以一个顾影自怜的拥抱，他的思绪无视外界的种种印象，将他囚在一个自己无法描绘的白日梦里。

该吃午餐了，一想到这儿，他被拉回现实且极度焦虑。几点了？他是不是迟了？伊薇特还在那里、能陪他聊天吗？他会不会和他父亲独处？每次发完呆，他总感到失落。他喜欢一片空白的感觉，可一旦回过神，他不记得刚刚在想什么，又因此害怕。

帕特里克突然跑起来。他觉得自己肯定错过餐点了。午餐时间是一点四十五分，通常，伊薇特会出来叫他，但他刚躲在灌木丛里，可能没听到。

跑到厨房时，门开着，他在外面看到伊薇特正在水斗里洗生菜。他跑岔气，胁部作痛，却发现午餐还早着呢，他想到自己刚刚急得要命的那副模样，有些难为情。伊薇特招招手叫他过去，他不想看上去太急切，因此他挥挥手，从门前一晃而过，一副有事要忙的样子。他决定再去找找那只幸运树蛙，然后再折返去厨房陪伊薇特。

帕特里克来到房子的一角，爬到梯阶外沿的矮墙上，脚下离地十五英寸高，他伸展双臂保持平衡。他在矮墙上走了一圈，接着跳下，落在花园最高的几级台阶处，正好能看到无花果树，同时听到父亲大喊："别再让我看到你这样！"

帕特里克吓了一跳。声音从哪里来的？是在对他喊吗？他趄身张望。心脏猛跳。他常常听到父亲朝别人大喊大叫，尤其是骂他母亲，他听了吓得想逃跑。但现在，他不得不立定，想听清楚：到底出什么事了，是他做错了吗？

"马上过来！"

现在，帕特里克知道声音从哪里来了。他抬头看见父亲从阳台探身。

"我做错什么了？"他问，声音弱不可闻。

爬上高高的台阶、走到父亲卧室门口时，帕特里克已经做好准备，不管什么事，认错便是了，可心里仍旧痒痒，想知道要认的是什么错。在门廊处，他顿住又问了一声，这次足够响亮。"我做错什么了？"

"关上门，"他父亲说道，"过来。"听他口气似乎讨厌负起带孩子的责任。

帕特里克一边慢慢进门，一边思索怎么讨好父亲。如果他说话讨巧，或许能让父亲消消气。可他此时蠢气上头，唯一能想到的是二二得四，二二得四。他使劲想今早观察到了什么，什么都行，只要能让父亲相信他一直在"观察一切"。但他的头脑被父亲的影子侵蚀。

他站在床边，低头盯着绣有浴火鸟儿的绿色床单。他父亲的语气听上去颇为疲惫。

“我不得不打你。”

“可我做错了什么？”

“你心知肚明。”他父亲的声音冰冷阴沉，让帕特里克觉得自己真的错了。他突然为自己犯过的所有错误感到羞愧。他的整个存在都因失败而变得不堪。

他父亲一把抓住帕特里克的衬衫领子。他坐到床边，把帕特里克拎至右腿大腿上，脱下左脚的黄色拖鞋。动作这么快，换做平时，戴维会痛得皱眉蹙眼，但他因为接下来要做的好事，重拾年轻活力。他拉下帕特里克的裤子和内裤，举起拖鞋，高度之高竟不像是个右肩有病痛的人。

打的第一下格外痛。帕特里克秉持牙医喜欢的苦行精神咬牙忍耐。他尽力做到勇敢，一顿痛打之中，他意识到自己的父亲想狠狠伤害他，可他拒绝接受事实。

他越挣扎，挨的打越痛。他想动又不敢动，这顿不明就里的毒打把他撕成两半。恐惧渐渐笼罩住他，仿佛一条狗咬住他，用利齿咬碎他的身体。打完后，他的父亲像扔死物一般把他扔到床上。

他要受的苦还没完。他父亲摁住他，用手掌压住帕特里克的右肩胛骨。帕特里克急得转过脑袋，但只能看到父亲的蓝色睡袍。

“你要干吗？”他问，他父亲没有回答，帕特里克害怕得不敢再出声问。他父亲的手直往下摁，他的脸陷进床单的皱褶里，快要透不过气。他死死瞪着上方的窗帘杆和打开的窗户顶部。他不明白现在要怎么惩罚他，但他明白他父亲气极才打得那么疼。他受不了拍击而来的无助感。他受不了遭到的不公待遇。他不认识这个男人，他的父亲不会这样轧着他。

从窗帘杆上，如果他能爬上去，就能坐在那里俯瞰全景，正如他父亲俯视他一样。有那么一刻，帕特里克觉得自己就在上面，抽身看着一个奇怪的男人惩罚一个小男孩。帕特里克竭尽全力集中在窗帘杆上，这次他坐在上面的时间更久，他抱着双臂，靠着身后的墙。

下一刻，他又回到下面的床上，感觉一片茫然，承受着不知为何的重量。他听到他的父亲在呼哧喘气，床头冲撞墙壁。他看到绿色小鸟的窗帘布后，冒出一只壁虎，一动不动地附在墙角，边上是一扇打开的窗户。帕特里克朝它冲去。握紧拳头，集中精力，直到注意力像连接他和壁虎的电话绳般绷紧，帕特里克消融进了壁虎的身体。

壁虎感应到了，因为就在那一刻，它从窗户一角蹿到墙上。视线下方是通往露台的陡坡和爬山虎，红色、绿色和黄色；从那里，紧贴墙壁的他能用带吸盘的脚趾固定，安全地倒挂在屋檐下。他穿梭在屋顶的老瓦片间，上布灰色和橘色的地衣，接着他又钻到瓦片的缝隙里，一路爬到屋脊上去。他沿着另一个坡面迅疾而下，远远离开，没人会找到他，因为他们都不知道从何找起，更不知道他蜷在一只壁虎的躯体中。

“待着别动。”戴维一边说，一边站起来调整他黄白相间的睡衣。

帕特里克什么都做不了。他一开始迷迷糊糊，随后愈发清晰地意识到自己的姿势有多羞耻。面朝下贴在床上，裤子团在膝盖处，一团陌生、不安的潮湿在尾椎处。这让他觉得自己在流血。觉得，不知怎的，他父亲在他背后捅了一刀。

他父亲去了洗手间又回来了。一手抓着纸巾拭去冰凉的黏液，黏液正往帕特里克的臀缝间流去。

“你现在可以起来了。”他说道。

帕特里克根本起不来。自主动作的记忆太久远和复杂。他父亲不耐烦地拉起帕特里克的裤子，把他拎下床。帕特里克站在床边，而他父亲则抓住他的双肩，表面上想让他站直，但帕特里克想的却是，他父亲想钉住他的肩膀，往后掰至两面合拢，直到他的内里朝外翻、肺和心脏都蹦出胸腔外。

相反，戴维俯身说道：“今天的事不准告诉你母亲或其他任何人。要不然你要吃**大苦头**。听清楚了吗？”

帕特里克点点头。

“饿不饿？”

帕特里克摇摇头。

“好吧，我快饿死了。”戴维闲话道，“你该多吃点，知道吗？多长点力气。”

“我可以走了吗？”

“好吧，要是你不想吃东西，就走吧。”戴维又生气了。

帕特里克顺着车道往下走。他低头看着磨损的凉鞋里露出的脚趾，却看到自己的头顶，仿佛从十或十二英尺外的上空看到似的。他看着的那个男孩，给他以一种不适的好奇。这种感觉不光他一个人有，就像去年他们在路上看到一场事故，他母亲叫他别看。

帕特里克走下去，浑身挫败。没有紫色斗篷闪现。没有特种兵。没有壁虎。什么都没。他想起飞，像海鸥一样，在浪花击打它们所在的岩石时起飞。但他已没有力气，落在后头，快要溺亡。

第八章

戴维嫌恶中产阶层对性的问题大惊小怪，午餐时，他自觉嫌恶得有些过分了。即便在骑兵与护卫俱乐部的吧台前，也不会有人吹嘘同性又恋童的近亲相奸，并自信能受到认同。他能和谁说，他强奸了自己五岁的儿子？他想不出有任何一个人，会不想转换话题——而且，有些人的反应可不仅仅是这样就算了的。短暂又粗暴的体验，但并非全然恶心。他一边向伊薇特微笑，一边说自己饿极了，自己动手拿了烤羊肉佐小芸豆。

“先生一整个早上都在弹琴啊。”

“和帕特里克一起弹。”戴维好心补充道。

伊薇特又说这个年纪的小孩太折腾了。

“折腾啊！”戴维应声道。

伊薇特离开房间，戴维又给自己斟了一杯酒，他从酒窖拿来了这瓶罗曼尼-康帝，原本打算晚餐开，但他决定现在独饮。总有喝不完的酒，而且和羊肉很搭。“要么最好，要么索性全无”，这是他的座右铭，在“全无”实际发生前，这句座右铭不会改变。无疑，他耽于声色，至于刚发生的那件事，他没有危及身体，不过是在臀缝中摩擦而已，男孩子上学后迟早会经历这些。如果说他犯了罪，其罪在于对儿子管教太严厉。他六十岁了，觉得要教他的太多，而时间太少。

他摇响餐盘边的铃铛，随后伊薇特走进餐厅。

“羊肉真棒。”戴维说道。

“先生要来点倒扣苹果挞吗？”

他饱了，哎呀，吃不下倒扣苹果挞。或许，她能让帕特里克在下午茶时吃些。他只想要咖啡。她能端到客厅去吗？她当然可以。

戴维双腿坐僵了，从椅子上站起来时摇晃了几步，猛地从齿缝中倒吸一口气。“该死。”他大声咒骂。他突然再也无法忍受风湿痛，决定上楼去埃莉诺的卫生间，一个药品天堂。他很少吃止痛片，喜欢慢慢摄入酒精，为自己的英勇无畏所折服。

他打开埃莉诺水斗下方的橱柜，讶异于蔚为壮观、种类繁多的瓶瓶罐罐：透明的，黄色的，深色的，橘色的带绿盖，有塑料瓶也有玻璃瓶，产自六个国家，每一瓶都提醒消费者不要过量服用。甚至还有几个信封，写着速可眠和安眠酮字样；偷的，他猜，准是从其他人的卫生间橱柜里偷来的。他在巴比妥酸盐、兴奋剂、抗抑郁药和安眠药中翻找，竟找到了少得可怜的几粒止痛片。他刚翻出一瓶可待因，里面有几粒二氢可待因酮和右旋丙氧酚，旋即发现橱柜后方是一瓶挂糖霜的鸦片粒，这是他两年前给他岳母开的药，缓解她伴随肠癌出现的腹泻不止。这一久违的希波克拉底式的慈悲，在他须臾的行医生涯终结之后，令他心中怀念起医道。

瓶子上贴了一张古色古香的精致标签，从圣杰姆斯街的哈里斯店里购得，上书："鸦片（英国药典 0.6 格令）"，下有"瓦朗赛公爵夫人"以及"按医嘱服用"。瓶子里还有几十粒药丸，据此推测，他的岳母在鸦片还没上瘾前便辞世了。走了是解脱，他心想，一边将瓶子塞进千鸟格纹的外套中。她本就难缠，要是还鸦片上瘾，委实让人吃不消。

戴维将咖啡倒入一个十八世纪的骨瓷茶杯中，茶杯圆润，薄壁，绘有镀金的橘色公鸡，公鸡正在一棵镀金的橘色树木下打斗。他从口袋里掏出药瓶，摇晃着往手心倒出三粒药丸，就一口咖啡吞服。一想到能在鸦片的药效下惬意地休憩，他便开心，乐得喝了几口在他出生那年酿的白兰地。这酒是他给自己的礼物，埃莉诺掏钱给这瓶酒买酒盒的时候，戴维告诉她，这份礼物能让他从容地老去。他点上一根雪茄，躺进窗边的高椅中，手边是瑟蒂斯的《乔罗克斯远足嬉游录》。他读了开篇第一句，便心领神会、乐在其中："城里正宗的爱好户外运动的男士，有哪个不曾搁下最要紧的事——或许是结婚或许是老伴下葬——仅仅为了和那群著名的猎犬，萨里名产猎狐犬，'共迎清晨'？"

几小时后，戴维醒了过来，感觉被上万根小橡皮筋拴着，下沉至睡眠的湍流中。他慢慢抬眼，从裤子的粗隆沟壑一路往上，聚焦在咖啡杯上。杯沿似乎有一圈亮色，微微浮现在杯子下方的小圆几上。他注意到其中一只镀金的橘色公鸡正慢慢把另一只公鸡的眼睛啄出来，他一边感到困惑，一边看得入迷。他没想过会出现幻觉。远离疼痛固然好，可他担心幻觉会让他失控。

扶手椅像一锅芝士火锅，他把自己从里面拽起来，走在地板上仿佛走在沙丘上似的。他倒了两杯冰咖啡，一饮而尽，希望这能让他尽快清醒，赶在埃莉诺带着尼古拉斯和他的女人回来之前。

他想轻快地走几步，但禁不住去欣赏身边华丽的光晕。他格外痴迷于黑色的中式柜子及其漆面上彩色的人物雕刻。一顶轿子载着一位达官贵人向前倾，他头顶上是戴浅草帽的下人给他打的伞，伞面开始晃悠旋转。

戴维将自己从这幅动态画面中强拉出来，走了出去。还没呼吸到新鲜空气，好让头晕缓解、变清醒些呢，他便听到埃莉诺的车子沿车道驶来。他折身回屋，抓起瑟蒂斯的书，躲到书房里。

安在维克托家下车后，尼古拉斯坐到了安原本坐的前排副驾驶位上。布丽吉特困倦地瘫在后排座位上。埃莉诺和尼古拉斯一路上都在讲她不认识的人。

“我都快忘记这个好地方了。”尼古拉斯说道，他们离房子越来越近。

“我根本不记得这地方有什么好，”埃莉诺说道，“而且我还住这里呢。”

“噢，埃莉诺，听上去太惨了，”尼古拉斯说道，“快告诉我这不是真话，不然我茶都喝不下了。”

“好吧，”埃莉诺一边按下电动车窗、往外弹烟头，一边应道，“骗你的。”

“真乖。”尼古拉斯说道。

布丽吉特看到自己所处的环境，不知该说什么。车窗外，宽敞的台阶顺势从一栋淡蓝色百叶窗的大别墅向下铺展。紫藤和金银花爬满房子的侧墙，虬结翻腾，打破清一色的墙面石料。她觉得似曾相识，对她来说，这些只在翻阅杂志时的照片里存在。这种晕眩让她觉得自己性感。她非常想自慰，从身边人的闲谈中抽离出来。

“弗朗索瓦会来取你们的行李，”埃莉诺说道，“就放车上吧，他之后会拿进来。”

“噢，不要紧，我自己能拿。”尼古拉斯说道。他想单独和布丽吉特在房里待一会儿，告诉她振作起来。

“别，别动手了，叫弗朗索瓦拿吧，他闲了一整天了。”埃莉诺说道。她不想单独和戴维待一起。

这下，尼古拉斯只好用电波向布丽吉特传达他不能明说的不满。布丽吉特一路走下台阶，小心避开铺面石之间的缝隙，一眼都没往他的方向看。

到了门厅，埃莉诺不见戴维身影，心情愉悦。或许他在泡澡时溺死了。想得太美了。她招呼尼古拉斯和布丽吉特去外面的露台，自己则走去厨房找伊薇特泡茶。顺便喝一杯白兰地。

“你就不能稍微时不时地聊几句吗？”尼古拉斯在他们身无旁人后，立刻问道，“你一句话都没对埃莉诺说。”

“好啦，亲爱的。”布丽吉特说道，一边仍旧注意避开缝隙。她转身面对尼古拉斯，在他耳边大声问道：“这就是那个？”

“哪个？”

“那棵无花果树，他逼她四肢跪地吃东西的。”

尼古拉斯抬头望上方的窗户，他想起上次来住，他在房间里听到的外面的对话。他点点头，手指捂住嘴唇。

树下无花果掉得满地都是。有些只剩一个黑点或小果干，但有不少还未腐烂，紫色的果皮挂白霜，果实完好无损。布丽吉特像狗一样趴在地上。

“天啊。”尼古拉斯低声咆哮，快速走到她边上。就在这时，客厅的门打开了，伊薇特端着一盘蛋糕和茶杯走出来。她只瞥了一眼，但足够证实她所疑心的确有其事：英国有钱人和动物世界走得真近。布丽吉特坏笑着起身。

“啊，又见面了，真好啊，伊薇特。”尼古拉斯说道。

“你好，先生。”

“你好。”布丽吉特恰如其分地打招呼。

“你好，夫人。”伊薇特果断回应，但心里知道布丽吉特还没结婚。

“戴维！”尼古拉斯朝伊薇特身后大喊，“你躲哪里去了？”

戴维向尼古拉斯摇摇雪茄。“沉迷瑟蒂斯啊。”他说道，从门廊踱步而来。他戴着深色眼镜，以免被惊喜刺着眼。“你好，亲爱的，”他对布丽吉特说道，实际上忘了她叫什么，

“你们知道埃莉诺在哪里吗？我刚在一角看见有人穿粉色裤子，但穿裤子的人没回应。”

“刚才见她，她就这么穿啊。”尼古拉斯说。

“粉色很衬她，你不觉得吗？”戴维对布丽吉特说道。“衬她眼睛的颜色。”

“来点茶吧？”尼古拉斯快速接话。

布丽吉特倒茶时，戴维坐到矮墙上，几英尺开外是尼古拉斯。他轻弹雪茄，烟灰落在脚边，这时他看到有一溜蚂蚁正沿墙移动，向角落的蚁巢爬去。

布丽吉特将茶递给两位男士，她正要转身去拿自己的茶，只见戴维将点燃的烟头凑近蚂蚁，来回移动去烫蚁群。蚂蚁扭成一团，烫得痛极，掉到露台地面上。有些蚂蚁在掉落前向后仰起，腿仿佛在缝纫，无助地想挽救残破的身体。

“你可真开化啊。”布丽吉特唱道，一边向后陷进深蓝色的帆布躺椅。尼古拉斯翻翻白眼，纳闷自己到底干吗要她聊几句。他不想冷场，对戴维说他前天去了乔纳森·克罗伊顿的追悼会。

“你有没有发现，你去追悼会或婚礼的次数多了起来？”

“我还是收到婚礼请柬的次数比较多，但我更喜欢追悼会。”

“因为不用送礼？”

“嗯，这样不错，但主要因为如果死的是个大人物，来的宾客更像样。”

“除非他所有的朋友都先他而死了。”

“那样，不用说，不能忍。”尼古拉斯确信道。

“毁了一起乐呵的兴致。”

“当然。”

“恕我直言，我并不喜欢追悼会。”戴维说道，抽了一口雪茄，“不光是因为我觉得大多数人的一生鲜有值得纪念的事，还因为先办葬礼后办追悼会，二者的间隔通常太久，无从令人追忆已逝的好友，只能显示没了他，别人照样过日子。”戴维吹了吹烟头，烟头亮起。鸦片让他觉得，自己仿佛在听另外一个人说话。

“逝者已矣，”他继续道，“真相是，当人不来一起吃晚餐后，他很快会被人遗忘。当然也有例外，那就是，有些人即便来吃晚餐，也让人记不住。”

戴维用雪茄困住一只落单的蚂蚁，蚂蚁的触角烧焦了，正在逃离他的最后一波火焰攻势。“你要是真的想念某人，不如去做你俩都喜欢的事。至于具体做什么，除去一些奇葩情况，不可能是站在高爽的教堂里，穿着黑色大衣唱赞歌。”

蚂蚁速度惊人地逃脱了，眼看快到达远处的墙头，戴维微微伸展，以外科手术医生的精准轻轻碰触它。它的皮肤爆裂，躯体剧烈扭动，死了。

“只有敌人的追悼会是该去的。你比他长命固然高兴，但这也是休战的机会。宽容何其重要，你不觉得吗？”

“老天，是啊。”布丽吉特说道，“特别是让别人宽容你的时候。”

戴维朝他微笑，希望她接着说，但看到埃莉诺穿过门廊走来。

“啊，埃莉诺，”尼古拉斯咧嘴一笑，夸张得大喜的模样，“我们刚在聊乔纳森·克罗伊顿的追悼会。”

“我猜，一个时代结束了。”

“去过伊夫林·沃变装舞会的那些人里，他曾是最后一个还在世的。”尼古拉斯说道，“据说他穿女装比男装好看得多。他启迪了一整代英国男士。对了，追悼会结束后我见到了一个非常无聊、溜须拍马的印度人，他说他来过你这里，之后去费拉角和乔纳森住了几天。”

“是维杰吧，”埃莉诺说道，“维克托带他来的。”

“就是他了。”尼古拉斯点头道，“他似乎知道我要来这里。真是不同寻常，我以前从未注意过他。”

“他拼了命地赶时髦。”戴维解释道，“那些没见过面的人里，他知道的最多。”

埃莉诺坐到一把纤细的白色椅子上，圆形椅座上铺淡蓝色坐垫。她一坐下又立刻起来，把椅子往无花果树的树荫里拖。

“小心啊，”布丽吉特说道，“别压到无花果。”

埃莉诺不做声。

“浪费似乎太可惜了。”布丽吉特无辜道，俯身从地上捡起一个。“这颗真好，”她把无花果凑近嘴巴，“真奇怪，它的皮紫里泛白。”

“像一个肺气肿的醉鬼。”戴维说道，向埃莉诺投以微笑。

布丽吉特张嘴，嘴唇包住无花果，把果子塞进去。她突然感到，她后来向巴里描述的一股来自戴维的“强烈的感应”，“仿佛他正把拳头塞进我的子宫”。布丽吉特吞下了无花果，但觉得自己的身体需要离开躺椅，远离戴维。

她沿着露台花园的墙边走动，一边想要怎么解释刚才的举动，一边伸展双臂拥抱眼前的景色，说道：“天真好啊。”没有人回应。她端详眼前的风景，试图找些话题聊，这时候，她瞥见花园尽头处的微微动静。一开始，她以为有动物窝在梨树下，但等那东西站起来时，她才发现是个孩子。“那是你们的儿子吗？”她问道，“穿红裤子的。”

埃莉诺走到她边上。“是的，是帕特里克。帕特里克！”她大喊，“想喝点茶吗，亲爱的？”

没有回答。“他可能听不到。”布丽吉特说道。

“他当然听得到，”戴维说道，“只是讨人厌地故意不回答。”

“可能是我们听不到他。”埃莉诺说道。“帕特里克！”她再喊，“过来和我们一起喝茶吧？”

“他在摇头。”布丽吉特说道。

“他可能已经喝了两三回茶了。”尼古拉斯说道，“你知道这个年纪的孩子。”

“天啊，孩子太可爱了。”布丽吉特笑着对埃莉诺说。“埃莉诺，”她语气不变，仿佛她刚夸孩子可爱，理应得到奖励，奖励就是答应她的请求：“可以告诉我，我的房间在哪里吗？我想上楼去洗个澡，整理行李。”

“当然了，我带你去。”埃莉诺说道。

埃莉诺带布丽吉特进屋。

“你的女朋友非常，我想用‘活泼’一词形容。”戴维说道。

“噢，她总算走了。”尼古拉斯说道。

“不用道歉，她真迷人啊。我们喝点真东西吧？”

“好啊。”

“香槟？”

“太好了。”

戴维去拿香槟，回来时边走边撕清透瓶颈处的金色铅箔。

“水晶。”尼古拉斯自动接话。

“要么最好，要么索性全无。”戴维说道。

“这让我想起查尔斯·皮尤西。”尼古拉斯说道，“上周我们在威尔顿家喝的也是这个。我问他还记不记得冈特，乔纳森·克罗伊顿的不能说的文书。然后查尔斯大吼——你知道他耳朵不好——‘文书？屁股仔，你说的是，**不能说的屁股仔**。’所有人都转过来看我们。”

“只要和查尔斯在一起，人们总会这样。”戴维露齿一笑。查尔斯总这样，认识他之后你才能体会到这多好玩。

布丽吉特被安置在一间满是印花棉布的房间，四面墙上都挂有罗马遗迹的版画。床边是一本莫斯利夫人[1]的《对比的一生》，布丽吉特把《娃娃谷》扔在上面，这是她最近在看的。她坐在床边抽大麻烟，看烟飘过窗纱的小洞。她听到楼下尼古

1 黛安娜·弗里曼-米特福德（Diana Freeman-Mitford，1910—2003），米特福德六姐妹中排行第三，嫁给了英国法西斯联盟领导人奥斯瓦尔德·莫斯利准男爵。《对比的一生》（*A Life of Contrasts*）是她的自传，发表于1977年。

拉斯喊“不能说的屁股仔”。他们肯定在回忆年少时光。男孩子终归是男孩子。

布丽吉特抬起一只脚搁在窗沿。左手仍拿着烟，再吸一口，烟便会烧到她的手指。她右手滑入双腿间，开始自慰。

“事实证明，做不做文书不重要，重要的是管家得站在你一边。”

戴维接下话题。“生活也是这样，”他感叹道，“你做什么不重要，重要的是认识谁。”

找到这么一个荒唐的例子来说明这句铭言，两个男人因此大笑。

布丽吉特上了床，舒展身体，面朝下躺在黄色床单上。她闭眼，接着自慰，像被静电击中一样想起了戴维，但她强迫自己忠实地幻想撩人的巴里。

第九章

维克托写不下去时有个烦躁的小习惯，他喜欢把怀表来回拨开、合拢。别人的动静让他分心，自己制造的噪音则对他有帮助。写他空想的哲思篇章时，开合的速度较慢，然而一旦挫败感压来，开合的频率亦变高。

今早，他身穿一件臃肿的杂色毛衣，一心想从个体认知的充分必要条件写起。顺带一提，买毛衣之前他特地拣选了一番，只为了一个实际无需着装要求的场合。他在一张微微晃动的木桌前坐下，在屋前一棵黄色的法国梧桐树下。随着气温升高，他脱得唯余一件汗衫。到了午餐时间，他只记下了一个想法："我写过的书都是我不得不写的，但我还从未写过他人不得不看的。"他随意做了一份三明治，当作自罚搪塞午餐，而不是去科基尔酒店，头顶力加茴香力娇酒公司的红黄蓝太阳伞，在酒店花园中享用三道餐。

整个早上，他一直在想埃莉诺稀里糊涂说的一句话："天啊，我的意思是，如果我脑袋里在想什么，我想的是你。”如果我脑袋里在想什么，我想的是你：这句话愚蠢，无甚助益，可就像黑暗中的蚊子嗡嗡不绝。

一位小说家可能有时纳闷，他为什么要创造不存在的角色、让他们做无所谓的事；而一位哲学家也可能纳闷，他为什么要假设不可能发生的案例，去定义一种情境。维克托忽视了他的主题，即便他最近思考过斯托尔金的极端案例，即“科学家摧毁了我的大脑和身体，接着合成了一种新物质，复制了葛丽泰·嘉宝”，但他还是无法确信，对不可能的事情作出假设，是证明某个自然规律的最好方法。一个人怎么能认同斯托尔金的观点，即“我和这个新复制的人没有关联”呢？

不过，设想一个人知道，如果把他的大脑一切为二、分配给一对同卵双胞胎，结果将会发生什么——这在目前看来，在他回到哲学辩论的洪流中去前——似乎并不能用来清晰描述“知道自己到底是谁”是一种什么感觉。

维克托进屋去拿常吃的铋索多耳助消化药丸。一如往常，他三明治吃得太急，像吞剑一样吞了下去。他再次欣赏起威廉·詹姆斯的话：自我主要由“脑袋中的特定动作以及脑袋到喉咙之间的特定动作”组成，虽然这些特定动作稍稍有些往胃袋和肠道里下沉，且这种感觉是他个人独有的。

维克托再次坐下时，他想象自己正在思考，并试图把这一想象的画面印刻到自己空无一物的内在上去。如果他本质上是一台思考的机器，那么他需要维护。那天下午，他苦苦思索的不是哲学问题，而是哲学带来的问题。然而，这二者多么容易混淆啊。维特根斯坦曾说过，哲学家解决哲学问题好比治疗疾病。怎么治疗呢？用泻药？用蚂蟥？用抗生素抵御语言的传染病？助消化药丸吧，维克托一边轻轻打嗝，一边如是想，帮助分解一坨黏稠的感官面糊。

我们习惯在言谈中给思想贴上某某思想家的标签，然而人不需要被贴上标签，来说明这些思想是他们想出来的。维克托懒懒想到，为什么不服从大众的需求呢？关于大脑和思想，大脑的运作过程和意识作为两种截然不同、同步发生的现象，真的有什么问题吗？还是说，问题在于二者的分类？

维克托听到山脚下一声车门关上的声音。一定是埃莉诺送安回来了，停在车道尽头。维克托拨开怀表，看看时间，又啪地合上。他写出什么了？聊胜于无。以前他也没什么产出，但当时他是想法太多、想写的太多，好比布里丹之驴，置于两捆同样滋养的干草之间，两头不着。今天他几无进展，情况更甚。

他看着安绕过最后一圈车道，白色连衣裙亮得刺眼。

“嗨。”她说道。

“你好啊。”维克托小孩脾气地闷闷道。

“写得怎么样了？”

“唉，基本没什么进展，但我想练练笔总归不错。”

“别把毫无进展的练笔说得一无是处，”安说道，“这写起来可不容易。好比一辆自行车，任何地方都骑不到；橡胶跑步带上走了一段长路，可人还停留在原地；一些重物，你根本不需要提起。”

维克托一声不吭，盯着他写的一句话。安双手搭在他的肩膀上。“所以，我们是谁这个问题，没什么大突破？”

“恐怕没有。自我认知，当然，是不存在的，纯粹是虚构。我虽然得出这个结论，但方法却用错了。”

“怎么说？”

“不去想它。”

“可英国人不就是这个意思吗？当他们说‘他对某件事深有哲思’，其实意为他不再思考那件事。”安点上一根香烟。

“可是，”维克托声音平静，“我今天想的让我想起了以前教过的一个争强好胜的本科生，那学生说我们的老师没有通过‘所以呢？’考试。”

安坐到维克托的桌沿，用一只脚蹭下另一只脚上的帆布鞋。她想看维克托继续写，不管写得有多烂。她光脚踩到他的膝盖上，说道："教授，告诉我，这是我的脚吗？"

"好吧，有些哲学家会说，在某些情况下，"维克托说道，一边双手把她的脚捧起，"这取决于脚是否感到疼痛。"

"脚要是感到快乐，又有什么问题？"

"嗯，"维克托严肃地思考这个荒谬的问题，说道，"在哲学中，生活中的快乐更可能是幻觉。痛苦才是实实在在的。"他张大嘴，像饿汉凑近一只汉堡，但接着合上嘴，轻吻每一个脚指头。

维克托放开她的脚，安又踢掉了另一只鞋。"我马上回来。"她说，小心地走在温热又硌脚的砾石地上，往厨房走去。

维克托满足地想到，刚刚那样把玩安的脚，在中国古代社会看来是亲密过头的举动。没有裹起来的脚对中国人来说代表放纵，其放纵程度是生殖器不可企及的。换做另一个地方、另一个时间，他的欲望会多强盛，光是想想就让他兴奋。他想到《马耳他的犹太人》中的话："你犯了通奸罪：但是在另一个国度犯下的，更何况那女人已经死了。"过去，他一直是功利主义的花花公子，目标是让总体的幸福最大化，但自从和安在一起后，他头一次忠贞如一。他没有迷人的外表，想靠聪明来引诱女人。当他越来越丑也越来越有名气后，他诱惑他人的工具，即花言巧语，和他满足欲望的工具，即肉体，二者的对比愈发不堪。比起维持一段亲密关系，每见到一个人、开始新一轮的诱惑让这一身心关系的问题更加突出，因此他索性决定，或许是时候待在同一个国度、和一个活着的女人相伴了。肉体可以忠诚，但思想则不一定，关键在于别把这二者倒置了。

安拿着两杯橙汁走出来，递给维克托一杯。

“你刚在想什么？”她问道。

“你在另一副皮囊里还是不是原来的你。”维克托骗她。

“好吧，问问你自己，如果我是一个加拿大伐木工的模样，你还会啃我的脚趾吗？”

“如果我知道那里面是你。”维克托痴情道。

“穿着一双钢头安全靴？”

“是的。”

他们相互微笑。维克托喝了一大口橙汁。“跟我说说，”他说道，“你和埃莉诺出去玩得怎么样？”

“回来路上，我一直在想，每个今晚赴宴的人极有可能说彼此的坏话。我知道，你会觉得这么想是没教养的美国人那一套，但为什么有人白天在骂一些人，晚上还要和这些人见面？”

“为了明天能接着找话题骂他们啊。”

“为什么啊，唉。”安叹道。“明天又是新的一天。如此不同，却又如此相似。”她补充道。

维克托看上去不太自在。“你们在车里骂对方，还是在骂戴维和我？”

“都没骂，但其他人被骂了，照这样下去，我知道我们会分散成越来越小的组合，排列组合直到每个人都被骂过。”

“但魅力正在于此：你对谁都恶意相向，除了和自己在一起的人，而那个人则闪耀着赦免的光环。”

“如果那就是魅力，”安说道，“在这一情况下并不适用，因为我感觉我们中没有一个人免于辱骂。”

“你想验证一下自己的理论吗？试试辱骂和你一起晚餐的宾客？”

“好吧，既然你这么说了，”安大笑道，“我觉得尼古拉斯·普拉特是个彻头彻尾的怪人。”

“我知道你的意思。他的问题在于他想从政，”维克托解释道，“但这条路走不通，全因前几年发生的那桩算得上是性丑闻的事，现在或许可以称作‘开放式的婚姻’。大多数人在做到大臣之后，才会爆出性丑闻自毁政治生涯。尼古拉斯可好，当时还不是大臣，想参加补缺选举给工党的中央领导人留个好印象呢，而且那场选举可是工党稳赢。”

“自视甚高，唔？”安说道，“他到底做了什么，被逐出天堂了？”

“他被正妻当场捉奸，和两个没名没分的女人在床上，而正妻决定不‘站在他一边’。”

“听上去没什么挽回的余地，”安说道，“但正如你说的，好巧不巧。那时候，你不可能上电视大谈这是一场多么‘真正解放自我的体验’。”

“可能直到今天，”维克托故作震惊，一副教书先生模样地两手十指相对，聚成一个拱形，说道，“在英国，保守党地盘中的一些乡下地方，直到今天，并不是所有遴选委员会委员都试过群交。”

安坐到维克托膝头。“维克托，二人成群吗？”

“二人只组成群体的一部分，恐怕是这样。”

“你是说，”安惊恐道，“我们一直以来都在进行一部分的群交？”她又站起来，摩挲维克托的头发。“太可怕了。”

“我认为，”维克托平静地接话道，“尼古拉斯的政治野心过早地被扑灭，以至于他变得把任何事业都不当一回事，转而坐吃自己那笔巨额遗产了。”

“但他还不够上我的死亡名单，”安说道，“不过就是和两个女人捉奸在床，又不是奥斯维辛的淋浴室。”

“你的标准真高。”

“是也不是。只要会痛，不管多疼都是痛，但如果你喜欢这种痛，不论怎样的痛都可以忽略不计。”安说道，“不管怎样，他并没有吃太多苦，他的女朋友像个嗑药嗑嗨的女学生。她在汽车后座闷闷不乐。两个像她这样的女人还不够。他得凑够三个才能毕业。”

“她叫什么？”

“布丽吉特什么的吧。普罗大众的英国人名字，就像跳房子游戏那样普通。”

安很快带过这个话题，不想让维克托浮想联翩、把布丽吉特放到某个场景中去。“今天最奇怪的是，我们去狂野西部转了一圈。”

“你们到底去那里干吗？”

“就我所知，是因为帕特里克想去，但埃莉诺抢先去了。”

“你不觉得，她是想确认那地方好不好玩、能不能带儿子去？”

“在发展受阻的道奇城，你出枪必须得快。”安说道，一边抽出一把幻想中的枪。

“你看上去完全进入那地方了。”维克托一本正经道。

“如果她想带她儿子去那里，”安又说道，“帕特里克可以和我们一起去啊。如果她想确认那地方‘好不好玩’，让帕特里克告诉她就行。”

维克托不想和安争论。她常常对一些他不在意的人情世故固执己见，他倾向把这一强硬的立场让给她，至于让给她多少全看他的心情，除非事关原则或值得八卦。“今晚一起吃饭的人，没人能让我们说三道四的。”他说道，“除了戴维，你对他有看法，你我都知道”

“这倒提醒我了，我至少得再看一章《罗马十二帝王传》，今晚得还给他了。”

“读一读尼禄和卡里古拉的章节，”维克托建议，“我确定戴维最喜欢这两章。一章诠释了中庸的艺术才能和极权结合后会产生什么，另一章说明了备受惊吓的人一旦找到机会，最后几乎不可避免地会变得加倍吓人。”

“但伟大的教育不就是靠恐吓吗？你的青少年时代，就是从被恐吓的一方跃升为恐吓他人的一方，身边又没有一个女孩子能让你分分心。”

维克托决定忽略安最后显露出的对英国公立学校的讨人厌的态度。“卡里古拉有趣的一点在于，”他接着耐心道，“他想做一个模范皇帝，上位的头几个月里他的宽宏大量受人称赞。然而，是人都有一种重复往事的冲动，这种冲动仿佛重力，需要特殊的设备才能摆脱它。”

安听到维克托归咎于心理学的泛泛而论，觉得好笑。或许，作古已久的人会因为他的话而复活。

“我不喜欢尼禄逼迫塞内加自杀。”维克托絮絮叨叨。“虽然我完全明白学生和老师之间会产生敌意，但得把握好度啊。”他咯咯笑道。

“尼禄不也自杀了吗？还是在《尼禄》这部电影里，他才自杀了？”

“他对自杀的热情，比起他叫别人自杀的热情差远了。他呆坐良久，想着该刺穿他的哪部分‘脓疮恶臭’的身体，哀恸道‘死了也要做个伟大的艺术家！’”

“听你说的，仿佛你就在现场。”

“你知道的，年少时代读的书会造成什么影响。”

“是啊，我对《弗朗西斯：会说话的驴子》一书有同感。”安说道。

她从嘎吱作响的藤椅上站起。“我想我还是在晚餐前赶紧补补某人的‘年少时代’吧。”她走到维克托边上。“我们出发前，给我写一句啦。”她轻声道，“你能写出来的，对吧？”

维克托喜欢被人哄。他像个乖孩子一样抬头看她。“我会试试的。”他谦虚道。

安穿过阴暗的厨房，爬上旋转楼梯。从大清早直到现在，终于可以独处了，她感到清静自在，想立刻泡个澡。维克托喜欢泡在浴缸里，用大脚趾控制水龙头，而且她知道要是在这一重要的仪式中热水突然用完了，他会失望到失去理智。更何况，如果她现在泡澡，那就可以在出门吃晚餐前，躺床上看上几个小时的书。

她床头的几本书，最上面是《别了，柏林》，安心想，重读一遍这本书不知要比读讨厌的罗马帝王有趣多少。她的思绪从战前柏林跳回至她刚说的奥斯维辛的淋浴室。她是不是，她自问，逐渐屈服于英国人的习惯，开始故作幽默？一整个夏天，她都绞尽脑汁制造无谓的聊天效果，她觉得被带坏了，也累坏了。油滑懒散的英式作风，想要找出让人反讽不了的话语，担心自己成为“无趣的人”，千篇一律地不顾一切、勉强逃过变得无趣的命运，她觉得这一切都让她微妙地堕落。

最重要的是，维克托对这些价值观态度暧昧，快把她消磨殆尽。她再也无法辨别，他是一个双面间谍，抑或一个严肃作家却假装是山上的那群人——梅尔罗斯一家是这群人里相当反面的例子——他是否真心羡慕他们无所事事、无足轻重的人生。或许，他是个三重间谍。他想被他们的世界接纳，哪怕仅一脚踏到边缘，可在她面前，他假装自己不会被这点恩惠动摇。

安逆反地拿起《别了，柏林》，走进浴室。太阳早早地消失于高大狭长的房屋后。在桌边，梧桐树下，维克托重新穿上毛衣。远处传来安放洗澡水的声音，裹着臃肿毛衣的他感到心安。他写下一句话，笔迹细长，接着又是一句。

第十章

如果说戴维把房子里最贵重的一幅画收入囊中，埃莉诺则至少拿下了最大的卧室。卧室有一道长长的门廊，其尽头是一片窗帘，整日拉拢，隔绝阳光，以免脆弱的意大利画作被抽干水分。

帕特里克站在他母亲的卧室门廊，踯躅不前，等待母亲注意到他。房间在昏暗中显得更宽敞了，尤其是当微风拨动窗帘、一道光线晃晃悠悠，在伸展的四壁投下斑驳。埃莉诺坐在桌前背对帕特里克，正在给“拯救孩童基金会”开支票，这是她最喜欢做的慈善项目。她没听到儿子进房，待他站到她椅边才察觉。

“你好啊，亲爱的，”她说道，溢于言表的喜爱之情听上去是从长途电话中传来的，“你今天做了些什么呀？”

“什么都没。”帕特里克低头看着地板说道。

“你和爸爸散步去了吗？”埃莉诺不气馁地问道。虽然她觉得自己的问题很无聊，但又怕得到的回应草率马虎。

帕特里克摇摇头。一根枝椏在窗外摆动，他看着叶子在窗帘杆上方轻轻颤动。窗帘微微起伏，又再瘪下去，像是泄了气的肺叶。门廊一头，门砰地关上。帕特里克看看母亲杂乱的桌面，满是信件、信封、回形针、橡皮筋、铅笔、一大片色彩不一的支票簿。一只空空如也的香槟酒杯立在烟蒂满满的烟灰缸旁。

“需要我把酒杯拿下去吗？”他问道。

“真是个贴心的小朋友。”埃莉诺故作怜爱地说道，“你把它带下去给伊薇特吧，乖孩子。”

帕特里克郑重点头，拿起酒杯。埃莉诺暗自惊叹，儿子已变得这么乖巧。或许人生来便已定性，重要的是别干扰太多。

“谢谢，亲爱的。”她哑声道，一边想着自己本该做些什么，一边目送他走出房间，他的右手紧紧抓着酒杯杯脚。

帕特里克下楼梯时，不小心听到走廊另一头他父亲和尼古拉斯正在说话。他突然害怕会跌倒，开始像小时候一样走路，一只脚先探下去，另一只脚再跟着落定于同一级台阶上。他得走快些，别叫父亲捉住了，可一快就可能摔跤。他听到他父亲说：“我们晚餐时和他提，我肯定他会答应。”

帕特里克在楼梯上一僵。他们正在说他。他们要逼他答应。他一手使劲捏住酒杯，忽地感到一阵羞耻，还有恐惧。他抬头看楼梯上悬挂的油画，想象画框猛地砸过去，锐利的角刺进他父亲的胸膛；另一幅画呼啸而下，砍下尼古拉斯的脑袋。

“过一两个小时，我们楼下见。”

“好的嘀。”他父亲道。

帕特里克听到尼古拉斯的房门关上了，他仔细听着他父亲的脚步声沿走廊传来。他要去他的卧室吗？还是下楼？帕特里克想动却动不了。他屏息，脚步声顿住了。

走廊上，戴维正在犹豫，是去看看他一贯忿然对之的埃莉诺，还是去泡个澡。服下的鸦片和缓了他身体每时每刻的疼痛，他也变得不太想去骂妻子了。他思索片刻，回到自己的房间。

帕特里克知道父亲在楼梯上头看不到他，可当他听到脚步声顿住，他得像用火焰喷射器对准父亲一样把他赶出自己的脑袋。戴维进房后好一阵子，帕特里克仍不相信危机结束了。他松开抓着酒杯的手，杯底和杯脚滑落，摔碎在下一级台阶上。帕特里克糊里糊涂，不知道杯子怎么就掉了。他松开手里的杯子残骸，看到手心划开了一小道。他见了血才反应过来怎么回事，而且知道伤口会痛，这才感觉到割伤的刺痛。

他怕极了会因为摔碎杯子挨训。杯子在他手里碎了，他们打死也不会相信这说法，反而会说是他砸碎的。下方台阶上一地玻璃碎片，他小心地绕过，走到楼梯脚，不知该拿手里的半只杯子怎么办。就这样，他往回爬三级台阶，决定跳下去。他用力地向前扑，落地时绊了一跤，撒手让杯子飞出去、在墙上砸个稀巴烂。他趴在地上，吓呆了。

伊薇特听到帕特里克在尖叫，她放下长柄汤勺，双手赶忙在围裙上一擦，冲到大厅。

“哎呀呀，”她语带责备道，“迟早有一天你要摔破相。”看到帕特里克无助的样子，她有些吓着，走近他柔声问道，“哪里痛，小可怜？”

帕特里克现在还能感到自己像被拽着、胸口抢地的惊吓。伊薇特扶他起来，轻声安慰道：“好了，没事了。”又亲亲他的脸蛋。他还在哭叫，但没刚才那么凶了。一种汗水、金牙和大蒜混合的感觉中掺杂着被抱住的愉悦，可当伊薇特开始摩挲他的背，他在她怀里扭动，挣脱出去。

埃莉诺坐在桌边心想：“噢，老天，他摔下楼梯，被玻璃杯割伤了，杯子还是我给的。又是我的错。”听到帕特里克尖叫，她仿佛被一把标枪钉在座位上，想着自己处境堪忧。

她满怀歉疚，怕极了会被戴维责备，但还是鼓起勇气走出房间，去现场看看。她在楼梯脚看到伊薇特坐在帕特里克身边。

“没摔坏，夫人。”伊薇特说道，“就是摔下来吓着了，其他没什么。”

“谢谢，伊薇特。”埃莉诺说道。

谁会像她那样不要命地喝，伊薇特一边想，一边拿来了簸箕和扫帚。

埃莉诺在帕特里克身边坐下，一片碎玻璃扎进她的屁股。“啊。”她叫出声，站起来扫扫连衣裙后方。

“妈妈坐到一块玻璃上了。”她对帕特里克说道。他闷闷不乐地看她。“不过那没什么，刚刚你摔的一跤才真痛呀。”

“我从很高的地方跳下来。”

“手里拿着玻璃杯，亲爱的？那可能会很危险的。”

“就是很危险。”帕特里克生气道。

“噢，我知道危险。”埃莉诺说道，自顾自地伸手把他额前浅棕色的头发向后拨。“我跟你说说我们能做什么，”她说道，为自己还记得这桩事感到自豪，“我们明天去游乐场吧，狂野西部，想去吗？我今天和安去了，看看你会不会喜欢，那里有好多牛仔和印第安人，还能骑马。我们明天去吧？”

“我想离开。”帕特里克说道。

楼上，一身僧袍式外衣的戴维匆忙跑到隔壁，将浴缸水龙头开至最大，直到哗啦啦的水声盖过他儿子令人不悦的叫声。他从陶瓷罐中取了些浴盐撒到水里，心想实在无法忍受今年夏天没有保姆在夜里哄孩子。埃莉诺根本不懂怎么带孩子。

帕特里克的保姆死后，不少面貌模糊的外国女性在伦敦的房子里来来去去。思乡心切的艺术品毁坏者，做了几个月便哭着走了，有的还怀有身孕，来这儿学的英语临走时也未流利一分。最后，帕特里克常常托给卡门管，这个孤僻的西班牙女佣什么都顺着他来。她住地下室，曲张的血管每爬一级台阶便抗议，因此鲜少爬五层楼到育儿房。这位阴郁的农妇竟未对帕特里克产生多少影响，某种意义上，这不得不谢天谢地。不过，每晚都在楼梯上找到他也够烦心的，他会从木门后溜出来，等着埃莉诺。

他们常常从安纳贝尔酒吧晚归，帕特里克有一次急得问道："谁是安纳贝尔？"房间里的所有人都大笑，戴维记得巴尼·沃伦，用他那讨人喜欢的单纯直白道："她是一个非常可爱的小姑娘，你父母特别喜欢。"尼古拉斯见缝插针，说道："我猜这娃在吃同龄人的醋呢。"[1]

1 原文带口音。

戴维晚归时，看到帕特里克坐在台阶上，他会命令他回育儿房。然而，他回到房间后，有时能听到地板的吱呀声。他知道帕特里克偷偷跑到他母亲房里，想从她一动不动的后背处获取些许安慰，而她则毫无意识地蜷缩在床垫边缘。他早上看到他们，像两个难民，在一间昂贵的等候室等候。

戴维关上水龙头，发现尖叫声已停止。不过就维持了浴缸放满水的这段时间，这样的尖叫声不用把它当回事。戴维探脚试试水温。太烫了，但他一条腿往水里伸，没过无毛的小腿，开始感到水在烫伤他。他身体的每根神经都催促他离开热腾腾的浴缸，但他提起一股内心深处的鄙夷劲儿，把腿浸着，证明自己能克服疼痛。

他跨坐在浴缸上，一只脚火辣辣，另一只脚清清凉地踏在橡木地板上。刚才瞥见布丽吉特趴在树下时他气得很，此刻轻而易举地，怒火再度重燃。尼古拉斯显然把无花果的事告诉了那个蠢婊子。

噢，快乐的时光啊，他叹道，都去哪儿了？那时候，他的妻子还未像如今这般一塌糊涂，仍旧青涩地顺从他、急于取悦他，安安静静地在快要腐烂的一片无花果中觅食。

戴维将另一条腿抬起，越过浴缸，猛地扎入水中，希望多一分的疼痛能激发他，想出晚餐时报复尼古拉斯的好办法。

“你他妈为什么要那样做？我肯定戴维看到了。”尼古拉斯刚听到戴维的卧室门关上，便对布丽吉特发脾气。

“看到什么？”

“你趴在地上。”

“我不是故意的，”布丽吉特在床上昏昏欲睡，“我那么做，还不是因为你兴冲冲地告诉我那个故事，我以为那么做也许能挑起你的性致呢。很明显，第一次管用。”

“别太过分了。”尼古拉斯双手叉腰，一副不满的模样。“至于你造作的那两句——‘你们在这儿的生活太完美了’，”他假笑道，“‘景色真好啊’——让你听上去比实际上更加粗俗愚蠢。”

布丽吉特仍旧没把尼古拉斯的恶言当回事。

“你别太过分，”她说，“小心我跟巴里跑了。”

“那笔账另算。”尼古拉斯一边脱下丝质外套，一边粗声粗气道。他衬衫的腋下印着深深的汗渍。“你脑子到底在想什么——如果说你还有脑子——当时为什么把这里的电话给那家伙？”

“我说保持联系的时候，他问我要了电话。”

“你可以骗他啊，你知道的，”尼古拉斯叫起来，“有一种品质叫做不诚实。”他来回踱步，摇晃脑袋，“有一种品质叫做不守诺言。”

布丽吉特滚下床，穿过卧室。“滚蛋吧。”她说道，啪的一声甩上门，落锁。她坐在浴缸边缘，想到她那本《尚流》杂志，更糟的是，她的化妆品还在外面。

“开门，你这个蠢婊子。”尼古拉斯转动门把手，说道。

“滚开。”她再次说道。至少她能让尼古拉斯用不上卫生间，她想待多久就多久，即便她只是泡个泡泡浴，体贴一下自己。

第十一章

卫生间上锁，尼古拉斯被关在门外。他打开行李箱，将自己的衬衫放到最方便拿的衣橱格子里，而挂在衣橱中的他的西装占了大半的空间。这年夏天，他带着 F. E. 史密斯的传记住过六个地方，再一次地，这本书放在了右手边的床头柜上。最后，他终于被放进卫生间，把自己的东西按熟悉的顺序置于洗手台上，獾毛剃须刷在一边，玫瑰漱口水在另一边。

布丽吉特偏不好好整理行李。她抽出一条料子看着易坏的深红色烧花丝绒连衣裙，今晚穿，把裙子扔到床上后，行李箱遗弃在地板正中间。尼古拉斯忍不住东踢一下西踹一脚，但一言不发，知道要是当场冒犯她，她会在晚餐时叫他难堪。

尼古拉斯默不作声，换上一件深蓝色丝质西装，搭配淡黄色旧衬衫，这是他在费希先生店里能找到的最传统的样式。他准备完毕，随时可以下楼。他的头发闻起来略带一股味儿，气味源自他在创普店里定制的东西，他的两颊涂了青柠精油，他觉得这样既干净又有男人味。

布丽吉特坐在梳妆台前，慢悠悠画上过浓的眼线。

“我们得下楼了，快迟到了。”尼古拉斯说道。

“你老是这么说，结果一个人都没到。”

“戴维比我还要准时。”

“那你先去吧。”

“我们一起下去比较好。”尼古拉斯语带威胁，有气无力道。

布丽吉特继续对着光线昏暗的镜子自怜，而尼古拉斯则坐在床沿，拉一拉衬衫袖子，让贵气的袖扣多露出一些来。袖扣是实打实的真金，刻有首字母缩写 E. R.，看似是当代的东西，实际上是别人送给他那花蝴蝶祖父的礼物，当时的尼古拉斯·普拉特爵士、爱德华七世的忠臣。他想不出还有什么法子来装点门面，于是起身四处走走。他又飘回卫生间，再瞥一眼镜中的自己。下巴轮廓日益松垮，渐渐堆叠起来，看来得再晒黑一些了。他又往耳后蘸上一点精油。

“我好了。”布丽吉特说道。

尼古拉斯走到梳妆台前，快速地用布丽吉特的粉扑在他的颧骨处按压，接着一点一点扑在鼻梁上。在他们离开房间的时候，他审视一番布丽吉特，这条红色丝绒连衣裙他曾夸赞过，但现在却不能苟同。裙子是肯辛顿市场的古董摊淘来的，它在一堆古董里，被衬得廉价得刺眼。红色凸显了她的金发，丝绒衬出她玻璃蓝的眼睛，但看裙子设计，仿佛是一条中世纪的巫婆裙，破旧的衣料上还有马虎的修补痕迹，比起第一次看到布丽吉特穿这条连衣裙，他觉得不怎么赏心悦目了。布丽吉特第一次穿是在切尔西的一场半波希米亚风的派对上，主办人是个野心勃勃的秘鲁人。他费心讨好尼古拉斯和其他社会地位堪比高峰的人士，全心全意围着他们转，可他们却居于一隅，羞辱这位尝试攀登高峰却不得其法的登山客。他们羞辱完后实在无事可做，便准许他待他们以好客之道，且一致达成共识：要是这个秘鲁人在重要人士举办的派对上轻慢他们，他准会被雪崩似的痛骂卷走。

一个人的优越感，有时经由特权阶级的盛大活动或他人的奉承艳羡得以确定。有时，是借由成功引诱一个漂亮女孩或戴奢华衬衫袖扣体现的。

“条条大路通罗马。”尼古拉斯自得地嘀咕道，但布丽吉特根本没兴趣问他这么说的原因。

如她所料，客厅里空无一人。窗帘紧闭，只余深黄色的灯罩洒下尿液色的光线，房间看上去既昏暗又华美。尼古拉斯心想，一个人也有不少这样的朋友。[1]

“啊，海洋植物精华。”他一嗅点燃的香熏说道，“你知道的，这东西现在买不到了。”布丽吉特没反应。

他走到黑色酒柜前，从装满冰块的银色冰桶中取出一瓶俄罗斯伏特加。他把冰凉厚重的琼浆倒入一只小小的烈酒杯中。“他们以前卖带铜环的这玩意儿，铜环很容易过热，滚烫的精油再溅到灯泡上。一天晚上，某对夫妇正要在晚餐前换装，餐厅的灯泡突然爆炸，灯罩起火了，随后窗帘也着火了。自那以后，市面上就不卖这东西了。”

布丽吉特没有表现出丝毫的惊讶或兴趣。远处是微弱的电话铃声。埃莉诺讨厌电话铃声，因此整栋房子里只有一台电话，位于后方楼梯下的一张小桌上。

“想喝什么吗？”尼古拉斯问道，一边用他自以为正宗的俄罗斯喝法，仰头将酒一饮而尽。

“可乐就行。”布丽吉特说道。她不太喜欢酒，认为酒是过于粗陋的迷幻剂。至少巴里是这么说的。尼古拉斯开了一瓶可乐，又给自己斟伏特加，这次用的是装有冰块的高杯。

这时传来高跟鞋敲击地砖的声音，埃莉诺羞羞答答地进来

1　此处是前文“既昏暗又华美”（dim and rich）的一语双关，dim 和 rich 是多义词，也可作“既愚蠢又有钱”解。

了，一袭紫色长裙。

“有人来电找你。”她微笑着对布丽吉特说道。接完电话来客厅的路上，她不知为何想不起她的名字了。

“噢，哇，”布丽吉特说道，“找我的？”她起身，故意不看尼古拉斯。埃莉诺告诉她电话在哪里，布丽吉特最终找到了后方楼梯下的桌子。“喂？”她应道，“喂喂？”没人回话。

她回到客厅，尼古拉斯正在说：“嗯，一天晚上，某对公爵夫妇正在楼上为他们举办的派对换装，这时灯罩起火了，他们客厅的窗帘烧成了灰烬。”

“真是不可思议。”埃莉诺说道，其实根本不清楚尼古拉斯一直在叨叨什么。她刚从一段意识空白中清醒过来，这种空白不在少数，而且发生时她感觉不到身边的情况。她只知道刚刚又一阵失去了意识。“打好电话了吗？”她问布丽吉特。

“没有。真奇怪，电话那头没有声音。那人肯定没钱了。”

电话再度响起，布丽吉特一路上没关门，因此这一次铃声更响了。她急匆匆赶回去。

“一想到要在电话里和人讲话，”埃莉诺说道，“我就害怕。”

“小孩子脾气。”尼古拉斯包容道。

“我小的时候更怕，如果有可能的话。”

埃莉诺给自己倒了些威士忌。她同时感到精疲力竭和躁动不安。这种感觉她再熟悉不过。她坐到老位子上，那是一只矮脚凳，卡在灯光照不到的屏风边上。在她儿时，这块屏风还属于她母亲时，她常常蹲在枝椏上满是猴子的屏风下，假装别人看不见她。

尼古拉斯一直战战兢兢地坐在总督椅边缘，这时紧张地起身。“这是戴维最喜欢的位子，是吗？”

“我猜既然你已经坐下了，他是不会叫你起来的。”埃莉诺说道。

“这我不确定，”尼古拉斯说道，“你知道他有多喜欢任性而为。”

“还用得着你说。”埃莉诺平淡道。

尼古拉斯挪到了旁边的沙发上，又啜了一大口伏特加。酒掺进了融化的冰块味，他不喜欢，但他含在嘴里咕嘟着，并不是特别想和埃莉诺说话。他气布丽吉特不在，又忐忑于戴维要来，他等着看谁会先走进来。结果是安和维克托先来了，他大失所望。

安把简单的白色连衣裙换成了简单的黑色连衣裙，手里夹着一支点燃的香烟。维克托克服了他的着装焦虑，还是那件杂色厚毛衣。

“你好啊。”安对埃莉诺说道，发自真心地亲了亲她。

招呼一毕，尼古拉斯忍不住对维克托的装扮品头论足。“我的好老兄，你看起来像是要去赫布里底群岛钓马鲛鱼。”

“事实上，上次我穿这件毛衣，”维克托说道，一边转身递给安酒杯，“是因为我不得不见一个博士念得艰难的学生。他的论文名为《阿伯拉尔、尼采、萨德和贝克特》，你一听就能大概知道他碰到的困难。”

真的一听就知道？埃莉诺心想。

“真的，现在的人为了得到博士学位，其他什么都顾不上了。”维克托正在热身，他自觉他在晚餐时应该扮演这样的角色。

“话说回来，你的文章今天写得怎么样？”埃莉诺问道。“我一整天都在想，你用非心理学的方式去写身份认知，”她其实根本没想，“我没说错吧？”

“非常正确，”维克托说道，“的确，我一直在想你说的话。如果说我脑袋里有什么，除你之外，我无法思考任何其他的事。”

埃莉诺脸一红。她觉得自己被取笑了。“听上去，埃莉诺说得很对。”尼古拉斯向她献殷勤，“你怎么区分我们是谁，怎么区分我们认为自己是谁？”

“噢，恕我冒昧，你不能，”维克托答道，“一旦你用那种方式去想。我并不想用心理分析，它太随意了，好比中世纪绘制的地图一样模糊不清，而现实是，我们已有其他方法，能准确解释大脑是如何运作的。”

“大学老师最喜欢的莫过于批评其他人的学科。”尼古拉斯说道，一边担心维克托晚餐时会无聊透顶。

“如果那算是一门学科的话。”维克托笑道，“潜意识，只有当它不再是潜意识的时候，我们才能讨论。潜意识是中世纪的研究路径之一，走这条路的分析学家把否定视为否定的否定。按照这些规则，如果一个人否认他是杀人犯，我们把他吊死；如果他说他是杀人犯，我们则向他庆贺。”

“你是在说，你不认为有‘潜意识’这种东西？”安问道。

“你不认为有‘潜意识’这种东西？”尼古拉斯模仿美国女人尖利的嗓音自顾自傻笑道。

“我是说，”维克托说道，“如果我们受控于不明的力量，‘无知’才是描述这一状态的正确术语。我反对的是把无知当做内在，反对把这种说故事一样的把戏上升到科学的高度。诚然，这把戏如果不是那么金贵且影响力巨大，它可能并没什么坏处，甚至还挺诱人的。”

“但人们受益于它。”安说道。

“啊，所谓的治疗功能。”维克托先声夺人。

戴维站在门廊处已观察他们许久，但除了埃莉诺没人发现他。

“噢，你好啊，戴维。”维克托说道。

“你好。”安说道。

“亲爱的，见到你总是那么开心。”戴维回应道，随即转身不理她，对维克托说道，“再说说治疗功能吧。”

“为什么你不说说呢？”维克托说道，“你可是医生啊。”

“在我相当短暂的行医生涯中，”戴维谦虚道，“发现人们终其一生都预感自己死之将至。唯一让他们感到慰藉的时候，便是证明他们预感正确的那一天。横亘在他们自身和这种精神折磨之间的，只有医生的权威。”

尼古拉斯舒了一口气，幸好戴维没说他，而安则冷冷旁观那个男人戏剧性地控制全场。埃莉诺呢，仿佛身陷寻血猎犬群中的奴隶，急于销声匿迹，进一步往屏风处缩身。

戴维气宇轩昂地阔步走过，在总督椅上入座，倾身对安说道：“告诉我，亲爱的，”他轻扯自己挺括的暗红色丝质长裤、跷起二郎腿，“你完全没必要牺牲自己的时间陪埃莉诺去机场，现在缓过来了吗？”

“不算牺牲，是件开心的事。”安无辜道，“说到开心，我想起来了，我还带来了《罗马十二帝王传》。读这本书叫人享受，现在我开心地将它物归原主了。”

“光这一天就太开心了。”戴维说道，一只脚上的黄色拖鞋晃荡着。

“是的，”安接道，“我的福杯满溢[1]。”

“今天我也开心，”戴维说道，“空气一定被施了魔法。”

尼古拉斯见缝插针加入了对话，但并没有惹戴维不开心。“你觉得《罗马十二帝王传》怎么样？”

“十二个人放一起，可以组成一个出色的陪审团，”安说道，“如果你想审判速战速决。”她大拇指向下指指地板。

戴维突然“哈”了一声，被逗乐了。“那他们得轮流做主。”

“绝对是的。”安说道，“想象一下，他们如果要选出首席陪审员该是什么阵仗。”

“以及帝王的大拇指会多痛。”戴维说道，大拇指上下来

1 语出和合本《圣经·旧约·诗篇》23：5。

回扭动，幼稚地玩了起来。

布丽吉特回来了，这种异想天开的快乐氛围随之被打断。和巴里通过话后，布丽吉特又抽了一根大麻烟，她散发出的神采变得十分鲜亮。“大爱这双古怪的黄拖鞋。”她对戴维轻快道。

“你真喜欢吗？”戴维和善地盯着她问道。

戴维当然知道，现在问布丽吉特电话的事，她会不自在。不过，他当下没时间审问她，因为伊薇特进来说晚餐准备好了。算了，戴维心想，待会儿再搞她。为了追求真知，在发现兔子的眼睛是否对香波过敏、皮肤是否因睫毛膏发炎之前，杀了兔子没有意义。“用车轮碾压蝴蝶”，这种小题大做更是毫无道理可言。对付蝴蝶的恰当的工具是大头针。一想到这些，戴维通体舒畅，得劲儿从椅子中站起，对大家说：“用餐吧。”

开门带起的气流惹得餐厅的蜡烛一闪，给四壁上的图画注入活力。戴维津津有味地看着感恩戴德的一列队农民在蜿蜒的路上艰难前进，目的地是城堡大门，但随着烛火往回一撤，他们又滑至原地。一辆卡在路边沟渠的货车，车轮似乎吱呀向前动了动，有那么一刻，拉车的骡子长出了新的暗色肌肉，身形膨胀。

伊薇特在桌上布置了两碗蒜泥辣椒酱，是鱼汤的佐料，还有一只沁着汗珠的绿色酒瓶，装有白中白香槟。酱和香槟在长桌两端。

从客厅到餐厅的路上，尼古拉斯作出最后一番努力，推销他那备受冷落的趣闻轶事。这次故事发生在某某王储与王妃的家里。“呼！”他朝安摆出爆炸的姿势。“十五世纪的罩毯燃起烈火，他们的府邸付之一炬。招待会不得不取消。这起事故全国皆知，海洋植物精华在全球被禁。”

“似乎被称作某某还不够心酸呢。”安说道。

“现在到处都买不到了。”尼古拉斯大叫，在试了那么多次后终于力竭。

“听上去这么做是正确的。我的意思是，谁会希望自己的府邸烧成灰烬呢？我可不想！”

每个人都带着询问的意思看向埃莉诺，等待安排入座。戴维身边坐一个女人，她身边坐一个男人，夫妻或男女朋友打乱坐，这似乎再清楚不过，但埃莉诺确信她会犯错、惹怒戴维，心里害怕。她没了方寸，站在那里说道：“安……请你……不，你坐那里……不，不好意思……”

“谢天谢地，我们只有六人。”戴维用大家都听得到的声音向尼古拉斯嘟囔，“在汤凉透前，她还是有可能破解这个问题的。”尼古拉斯顺他心意假笑道。

天啊，我恨成年人的晚餐聚会，布丽吉特心想。这时，伊薇特端来了热气腾腾的汤。

“跟我说说，亲爱的，你觉得加尔巴皇帝如何？”戴维问安，一边礼貌性地倾身靠近她，以示他对布丽吉特的冷漠。

安最怕这个提问。谁？她纳闷，但终归应了声：“啊，真是个人物！但我**真正**觉得有趣的，是卡里古拉。你说，他为什么这么痴迷他的姐妹？”

“好吧，你知道有这样一种说法，”戴维咧嘴一笑，“恶是美妙的，乱伦更是妙不可言。”

“是什么……”安装作十分感兴趣的样子，问道，“那是种什么心理？是自恋的一种体现吗？引诱姐妹最接近于引诱自己？”

“更多的是，我认为，他坚信自家人最能体会他的痛苦。你肯定知道，提比略把他的亲戚几乎都杀了，只有他和德鲁西拉从那场恐怖中幸存。只有她能理解他。”

戴维顿了顿，喝了一口酒，安继续扮演求知欲旺盛的学生角色。“我还想知道，卡里古拉想知道他钟情于妻子的原因，可为什么非得折磨她呢？”

“官方解释是为了找出其中的巫术，但大概是因为他对不受死亡威胁的情愫倍加质疑。”

“而且，更宽泛地说，他对罗马人民抱有同样的质疑。对吗？”安问道。

“可以这么说，科珀勋爵。”[1]戴维说道。他看上去话里有话，但打算烂在肚子里。所以这就是接受古典教育的好处，安心想，戴维和维克托可没少和她说起这些好处。

维克托安静地喝着汤，速度飞快，而尼古拉斯则在他耳边说着乔纳森·克罗伊顿的追悼会。埃莉诺把汤放在一边，点了一根香烟；多吃的那粒右旋安非他命让她没有食欲。布丽吉特坐定了神游天外。

“恕我直言，我不认可追悼会这种做法。”维克托噘了噘嘴，咂巴自己即将出口的逆反之言，“追悼会不过是聚会的借口。”

“追悼会的问题在于，”戴维纠正他道，“借它们而办的聚会烂透了。我想你是指克罗伊顿。”

“正是。”维克托说道，“他们说他的口才胜过他的文笔。当然还有进步的空间。”

戴维一露齿，认同他的毒舌。“你的朋友维杰去了，尼古

---

1 语出伊夫林·沃（Evelyn Waugh, 1903—1966）的小说《独家新闻》（Scoop）。书中人物索尔特先生对科珀勋爵表示赞同时说“千真万确”，表示否定时说“可以这么说”。

拉斯告诉你了吗？”

“他没说。”维克托说道。

“哎呀，”戴维转头对安循循善诱道，“你从没说过为什么他匆匆离开了。”安好几次都拒绝回答这个问题，而戴维只要碰到她，便要拿这个问题来逗她。

“我没说过吗？”安含糊道。

“他没有自制力？”戴维问。

“不是的。”安答。

“或者更糟，他这个人，喜欢调情？”

“当然不是。”

“他就是我行我素。”尼古拉斯试探。

“可能是吧，”安说道，“但也有其他原因。”

“传播信息的渴望好比饥饿，有时有人太感兴趣，有时有人太不在意，都叫人好奇。”维克托拿腔拿调。

“好了好了。”安说道，省得维克托发表高见后无人应答。“现在说出来也没什么，尤其是对你们这些见多识广的来说。”她恭维道，“我当时给他拿了一件干净的衬衫，送到他房里，看到了一大堆可怕的杂志。不光是色情杂志，还有更糟糕的。当然我不会叫他走人。他看什么是他自己的事，但他回到房间后看到我在，态度可真够恶劣的。我不过是去拿他的脏衣服。所以我发脾气了。”

“做得好。”埃莉诺怯道。

“到底是什么样的杂志？”尼古拉斯往回一坐，跷起二郎腿问道。

“可惜你没当场收缴了。”布丽吉特玩笑道。

“噢，真是糟透了。”安说道，“虐待。都是畜生干的事。”

“天啊，太滑稽了，”尼古拉斯说道，“维杰让我刮目相看。”

“噢，是吗？”安说道，“好吧，你真该看看那头可怜的猪的表情。”

维克托有点不自在。“我们和动物王国的关系中，说不清道不明的道德伦理。”他笑道。

“我们想杀它们的时候，便杀了它们。”戴维利落道，“这可没什么说不清道不明的。”

“道德伦理研究的不是我们做了什么，亲爱的戴维，而是我们应该做什么。”维克托说道。

“所以道德伦理纯粹是浪费时间，天真的老男孩。”尼古拉斯调笑道。

“在你看来，为什么不讲道德伦理更好呢？”安问尼古拉斯。

“问题不在于好不好，”他说道，洞穴般的鼻孔对准安，“我就是不想做个无聊或讨厌的家伙。”

“尼古拉斯在各方面都是高人一等的。”戴维说道，“即便他真无聊或讨厌，那他也是比别人好的。”

“谢谢你，戴维。”尼古拉斯洋洋自得。

“只有在英语里，”维克托说道，“人会被说成是‘一个无聊的家伙’（a bore）。这个说法，就好比说某人是一个律师、一个糕点师，把无聊转化为一种专业——在其他语言中，通常会形容一个人是‘无聊的’（boring）。这个形容词仅表示一种暂时的状态。问题是，我觉得，这是否意味着英国人对无聊的人，或者说对无聊透顶的这种性质格外容忍呢？”

那是因为你们本身就是一群无聊的老古董，布丽吉特心里念叨。

伊薇特撤走了汤盘，带上了她身后的门。烛火摇曳，墙上的农夫那一刻又鲜活起来。

“人们想要的，”戴维说道，“是 ennui。”

“当然，”安说道，“这不仅仅是一个法语词，意思是我们常说的‘无聊’。它代表的是无聊加有钱，或者说无聊加傲慢，意思是‘我觉得所有事都很无聊，所以我很有魅力’。但人们似乎都没想过，身在俗世就不可能超然物外。”

伊薇特又回来端上一大盘烤小牛肉和蔬菜，那一刻室内静寂。

“亲爱的，”戴维对埃莉诺说道，“你记性太好了，竟然复刻了安和维克托上次来吃的菜式。”

“噢，天啊，真糟糕。”埃莉诺说道，“真对不起。”

“说到动物伦理，”尼古拉斯说道，“我听说杰拉德·弗罗格莫尔去年打鸟的数目称霸全英格兰。这位坐轮椅的哥们儿真不赖。”

“或许他不喜欢看到自由移动的东西，”安说道。话既出口，她一半兴奋，一半懊悔。

“你不反对猎杀动物？”尼古拉斯问道，就只差说一句“在那么多你反对的东西里面”。

“我怎么可能反对呢？”安反问，“那不过是中产阶级出于嫉妒的一种偏见。我没说错吧？”

“好吧，换作我可不会这么说，”尼古拉斯说道，“但换作我，说不出你这么恰当的措辞……”

“你鄙视中产阶级出身的人吗？”安问道。

“我不鄙视**出身**中产阶级的人，尤其是出身中产但最终脱离中产的，脱得越远越好，”尼古拉斯一掸袖口，说道，“我真正反感的是深陷中产阶级的人。”

“真有如你所言脱身中产阶级的人吗？”

“那当然，”尼古拉斯大方道，“维克托就是个好例子。”

维克托微微一笑，表示自己十分享受。

“女孩子脱身中产更容易。”尼古拉斯继续道，“婚姻是个好东西，背景不堪的女性能够借之进入更广阔的天地。”他瞄了一眼布丽吉特，“男性真正能做的不外乎循规蹈矩，除非他是那种同性恋，整日写明信片给其他志同道合之人。还有，他得从头到尾散发魅力且消息灵通。”他补充道，对维克托会心一笑。

“尼古拉斯，不消说，是行家里手，”戴维插嘴，“他自己就已解救了好几个贫民窟的女性。”

“而且代价不小。”尼古拉斯附和道。

“被拖进贫民窟的代价更大吧，你说呢，尼古拉斯？”戴维说道，提醒尼古拉斯可别忘了他仕途上的污点，“不管是哪一种，你似乎在贫民窟里过得很自在。”

“喔唷妈呀，先生，”尼古拉斯一口滑稽的伦敦东区口音，“等你和我一样下水道走一遭，你会发现路边的排水沟堪比一张铺满玫瑰的床。”

埃莉诺还是弄不明白，最得体的英国礼仪中竟包含这么多蛮横粗鲁和唇枪舌剑。她知道戴维拿礼仪做幌子恣意妄为，但她也明白如果打断他的无礼行径是“无聊的”。每当戴维揭他人的短处或败笔时，她都会纠结：究竟是要伸出援手，救出她感同身受的受害人，还是冷眼旁观，以免被安上坏了一出好戏的罪名。她越是这么思想斗争，便越深陷矛盾。她永远都不知道该说什么，因为说什么都是错。

埃莉诺想起她继父对她母亲口出恶言的情景，多亏二人之间隔着一片英式银质餐具、法式家具和中式花瓶，才拦住他不得拳脚相向。这个法国公爵矮得像侏儒，是个性无能，一生笃信文明死于一七八九年。那些卖给他妻子法国大革命前的古董的商人，给他九折优惠，他倒安然受之。他逼迫玛丽卖掉她母亲的莫奈和波纳尔，理由是这些作品代表了腐朽的艺术，且这种艺术永远也不会变得有多重要。玛丽于他，好比是所有藏品讲究的博物馆里最不值钱的物件，所以当他最终欺她致死后，他感觉抹除了人生中最后一丝现代的痕迹，当然，有一事例外：在俄亥俄州生产的干洗剂的生意，挣的巨额财产现在都归他。

埃莉诺看她母亲被迫害的时候，保持沉默，今晚她自己渐渐崩溃时，依旧沉默。她本性并不残忍，但她记得看着当时已经患上帕金森的继父叉起一把小圆豆送到嘴边时一粒都没吃着，她除了在一边大笑，不知道该做什么。不过，她从未告诉过他，她有多恨他。她当时没有说出口，现在也不会说出口。

“看看埃莉诺，”戴维说道，“她这副表情只在思念她亲爱的、有钱的、已逝的母亲时才出现。我没说错吧，亲爱的？”他诱导着问道，“对吧？”

“是的。”她承认。

“埃莉诺的母亲和阿姨，”戴维的口气仿佛在给一个容易糊弄的小孩念《小红帽》似的，“认为她们能买到人形古董。这些古老称号的过气继承人用一沓沓厚美钞粉饰一新，但是，”他口气稀松平常，但不怎么藏得住他幽默的用意，“对人可不似对物那般。”

“那当然。”布丽吉特说道，被自己的发言又惊又喜。

“或许人形古董想找买家呢。”安说道。

“没有人会怀疑这点，”戴维说道，“我肯定他们巴不得这样。但令人震惊的是，他们得救后竟胆敢用路易十五式的后腿站立，开始发号施令。真是**忘恩负义**！”

“天啊！”尼古拉斯又模仿起伦敦东区口音，“我太想要路易十五式后腿的家具了——肯定值钱。”

维克托替埃莉诺尴尬。毕竟这顿晚餐是她出的钱。

布丽吉特被戴维弄得稀里糊涂。她完全同意他说的人不是物件。事实上，自打她开始嗑药，她便清楚地认识到这个世界的毛病在于人们把他人当物件对待。这听起来虚无缥缈，但她在那一刻强烈地感受到了这一点，并且她认为戴维想要传达的正是此意。除此之外，她还钦佩戴维是唯一一个能叫尼古拉斯害怕的人。另一方面，她也看出来为什么他能吓着尼古拉斯。

安已经受够了。她感到无聊，还混合着一种青少年时期的叛逆。戴维阴晴不定，他给埃莉诺下套、折磨尼古拉斯、堵住布丽吉特的嘴甚至挖苦维克托，她忍无可忍。

“不好意思，”她对埃莉诺低声道，“我去去就回。”

在昏暗的廊道里，她从包里抽出一支烟，点燃了。点着的火柴在门厅四周的面面镜子中映出来，同时，底部台阶处的一片玻璃也因此闪烁。

安弯腰用食指拾起玻璃，突然意识到有人在看她，一抬头，看见帕特里克正坐在楼梯拐角处最宽阔的那级台阶上。他一身法兰绒睡衣，衣服上有大象图案，但他的表情闷闷不乐。

“你好啊，帕特里克，”安说道，“你看上去不太开心。是睡不着觉吗？”

他没有回答，也没有动作。“我正要扔了这块玻璃，”安说道，“我猜有人在这里把玻璃摔碎了？”

“是我摔的。”帕特里克说道。

“等等啊。”她说道。

她在骗人，帕特里克心想，她不会回来的。

门厅里没有废纸篓，她把指尖上的玻璃一掸，玻璃进了陶瓷伞架，架上立着戴维收藏的一根根奇异的拐杖。

她匆匆回到帕特里克身边，坐在矮他一级的台阶上。“你有没有被玻璃划伤？”她一只手搭在他手臂上，轻柔地问道。

他远离她，说道：“别管我。”

“需要我去叫你妈妈来吗？”安问道。

“好吧。”帕特里克应答。

“好的，我马上去叫她。”安说道。她回到餐厅，听到尼古拉斯对维克托说道：“戴维和我本想在晚餐前问你，约翰·洛克是否真说过忘记自己罪行的人不该因罪施罚？”

“是的，的确说过，”维克托说道，“他声称，个人的认知取决于记忆的连贯性。如果一个人忘记自己所犯的罪行，那么他不是该受惩罚的那个人。”

“我会为这句话干杯的。”尼古拉斯说道。

安倾身靠近埃莉诺，声音几近微弱不可闻地说道：“我觉得你该去看看帕特里克。他坐在楼梯上，说想见你。”

“谢谢。”埃莉诺轻声道。

“或许应该反过来说，”戴维说道，“一个人如果记得自己所犯的罪行，我们通常能指望他惩罚自己，而法律则用来惩罚那些毫无责任感以致忘记自己罪行的人。”

“你支持死刑吗？”布丽吉特大声道。

“不支持，自从它不再公开执行后。”戴维说道，“十八世纪的时候，观看绞刑可是出门的一大消遣。”

“每个人都很享受：就连受刑人也不例外。”尼古拉斯补充道。

“适宜阖家娱乐，”戴维继续道，“换做现在，大家是不是这么说的？天晓得，我一直想让死刑向大众开放，不过这可能难办，偶尔去一次泰伯恩[1]则省力得多。”

尼古拉斯咯咯笑起来。布丽吉特在想泰伯恩是哪儿。埃莉诺敷衍一笑，把自己的椅子向后推了推。

“别走啊，亲爱的。”戴维说道。

“我得……我马上就回来。”埃莉诺嗫嚅道。

“我没听清：你得马上就回来？”

“我得去处理件事。”

“好吧，赶紧赶紧赶紧，”戴维殷勤道，“没你聊天我们多没意思。”

---

1 Tyburn，旧时英国伦敦的刑场。

埃莉诺刚走到门口，伊薇特便开了门，手里端着一个银质咖啡壶。

“我看到帕特里克坐在台阶上，”安说道，“他看上去有点难过。”

埃莉诺掠过伊薇特时，戴维的双眼直冲埃莉诺背后戳去。“亲爱的。”他说道。接着更加蛮横地叫道：“埃莉诺。”

她转身，啃着大拇指指甲，想找到可以依靠的东西。她常常在不抽烟的时候撕扯短小的指甲。“什么事？”她问。

“我想我们已经达成共识，别每次帕特里克一抱怨哭闹，你就冲过去。”

“但他从楼梯上摔下去了，可能受伤了。”

“如果是这样的话，”戴维突然严肃道，“他该需要一个医生。”他双手手掌撑住桌面，作出要起身的样子。

“噢，我觉得他没受伤。”安说道，她想劝阻戴维。

埃莉诺不情不愿，磨磨蹭蹭地回到座位上。她知道自己会被死死摁在原地，不是因为他们说服了她，而是因为他们说的话把她打趴下了。

“我的主张是，”戴维说道，“教育应该是这么一回事，孩子回过头来会说：如果我连那都能挺过来，没有什么是我不能克服的。”

“疯了吧，太不正确了，”安说道，“而且你自己也知道。”

“我的确认为孩子应该被逼到他们能力的极限，”维克托说道，“但同时，我相信要是他们被逼得太惨，会适得其反。”

“没人想把别人逼太惨，”尼古拉斯鼓起脸颊，表示质疑，“我们不过是在说，娇生惯养对孩子没好处。我这么说可能反动得吓人，可我以为，你该为孩子做的就是找个通情达理的保姆，然后撒手把他们送伊顿去。”

“什么？找保姆？”布丽吉特讥笑道，“话说回来，要是你生了个女儿怎么办？”

尼古拉斯瞪她。

“我猜撒手是你的专长。”安对尼古拉斯说道。

“唉，我知道如今这年代，这么说不招人待见。”尼古拉斯洋洋自得道，“可在我看来，小时候遭遇的事根本不算事儿。”

“如果要说什么东西不算事儿，”安接话，“你会在我的列表上排第一。”

“噢，我说的话，”尼古拉斯用体育评论员的声音说道，“受到一位年轻的美国女性激烈的反手击球，但边裁判定不得分。”

“就你所言，”布丽吉特还兴奋地想着穿燕尾服的保姆，说道，“没什么事，在你的童年中发生的，是真正重要的：你做的都在大家的意料之中。”她隐约感到右大腿被按住，环顾四周看到了戴维，但他一副往前看的模样，脸上组织起怀疑的表情。腿上的压力消失了。在她另一边，维克托飞快地剥出一只完整的油桃。

“的确，”尼古拉斯说道，看得出来他在尽力克制，“我的童年平平无奇。人们总是滥施注意力，痛苦的点滴样样记得，但幸福的回忆忘个精光。我记得小时候拿脸颊去蹭大衣的天鹅绒衣领。问祖父讨要硬币，扔进里兹酒店的金色水池。大草坪。小桶和小铲。诸如此类。”

布丽吉特没法专心听尼古拉斯说话。她的膝盖感到冰凉的金属触感。她低头看，看到戴维用一把银质小餐刀掀起她的裙边，沿着她的大腿一路往上。他妈的他明白自己在干什么吗？她朝他皱眉，表示谴责。而他呢，更用力戳进她的大腿，看都不看她一眼。

维克托一边拿餐巾擦拭指尖，一边回答布丽吉特不再深究的问题。他听上去没什么兴致，不出意外地，她听到了他千篇一律的回答。“当然，如果心理的相连性和持续性大大削弱，那么这么说也不为过：一个人回顾童年时，宽容地看看就好。”

布丽吉特回想起她父亲愚蠢的骗人伎俩，还有她母亲可怕的印花连衣裙，但她可不觉得能宽容地看看就好。

“想吃一个吗？”戴维从餐桌正中间的碗里拿起一颗无花果，说道，“现在这个时候最好吃。”

“不用了，谢谢。”她回。

戴维紧紧捏住无花果，往布丽吉特的嘴里塞。“吃一个吧，”他说，“我知道你很喜欢。”

布丽吉特乖乖张嘴，咬住无花果。整桌人突然沉默，而且她知道大家都在看她，她脸红了。她立即拿出无花果，问戴维能否把刀借她削皮用。戴维赞赏她反应快又谨慎，把餐刀递了过去。

埃莉诺看着布丽吉特收下无花果，有种似曾相识的大难临头之感。她每看到戴维将自己的意愿强加于人，总会想起他曾那么多次地强加于她。

她恐惧的根源，是怀上帕特里克那夜的记忆碎片。她不由自主地想到康沃尔郡的房子，居于一狭海岬上，总是潮湿、灰暗，更像是在大西洋上而非陆地上。他把她的后脑勺往大理石桌的桌角砸。她挣脱后，他又砸她的膝盖窝，她摔倒在台阶上，双臂被扭至后背，他就在那里强奸了他。她憎恨他，仿佛他是个陌生人和叛徒。天啊，她是那么厌恶他，但她怀孕后还是留了下来，条件是他永远、永远不再染指她。

布丽吉特百无聊赖地嚼着无花果。安看着她，她不禁想到了每个女人到了一定时候都会问的古老问题：我该咽下去吗？她想，是该把布丽吉特想象成匍匐在东方霸强脚下的一个戴项圈的奴隶呢，还是想象成把午餐的苹果派剩下又受人强迫吃掉的叛逆少女呢？突然，她感到游离于周围的人之外。

安此刻意识到，尼古拉斯或许比她曾经以为的更有同情心。一些英国男人总是说蠢话、避免听上去倨傲，说倨傲的话、避免听上去蠢笨，尼古拉斯不过是这类人中的一个。这类人会拿自己打比方，但不会更进一步将自己视为第一人。戴维，他自觉是黑湖妖潭里的那个生物，不过是这群败类里地位稍高的一员罢了。她又看看维克托，他佝偻着背往后一坐，面前是吃剩的油桃。他通常以半睿智的调侃为己任，但今天却没有。她还记得今年夏天早些时候，他说过："我可能天天质疑质疑，但一说到八卦，我喜欢确凿的事实。"此话既出，除了确凿的事实，再无其他。今天他有所不同。也许，他真的想重新做些研究。

埃莉诺一脸苦相，但并未像之前那样令安恻隐。想到帕特里克还在台阶上等且越等越失落，这是游离状态中的安唯一牵挂的事；这也愈发促使她得出相同的结论：她只想离开这群人，是时候走了，即便早走会叫维克托挂不住面子。她望向维克托，抖抖眉毛、双眼示意门口。她本以为维克托会皱皱眉，但他竟轻轻地点了点头，仿佛点头是因为胡椒研磨瓶称他心意似的。安等了一会儿，接着倾身对埃莉诺说道："不好意思，我想我们得走了。忙了一整天，你大概也累了吧。"

"是啊，"维克托语气坚决，"明天我得早起，继续写我的文章。"他站起来，不容埃莉诺和戴维开口礼节性地挽留，开始向二人道谢。

事实上，戴维没怎么抬头看。他继续用大拇指摩挲雪茄的封口。"你知道怎么走吧？"他如此回应他们的道谢，"我就不送了，我想你们不会介意。"

"怎么会。"安说道，语气严肃地超乎她自己的预想。

埃莉诺知道每个人都有一套应对这些场合的惯用方法，但她想不出自己该做何反应。每次她思考该说些什么时，该说的话总在周围乱窜，混进她不该说的话里，消失不见。最成功的逃犯往往是最不起眼的人，在说出口前没人会注意到的句子："真高兴见到你……再待一会儿吧……这个想法真好……"

维克托小心翼翼地关上身后的餐厅门，仿佛不想惊动熟睡的哨兵似的。他对安微微一笑，安也回以微笑，突然他们意识到离开梅尔罗斯夫妇让他们长舒一口气。他们开始无声地大笑，蹑手蹑脚地往大厅走去。

“我去看看帕特里克还在不在。”安低声道。

“我们为什么放低声音？”维克托低声道。

“我不知道啊。”安低声回道。她往台阶上看。空的。他明显等得不耐烦，回去睡觉了。“我猜他睡着了。”她对维克托说道。

他们走出前门，沿着宽阔的台阶往他们的汽车走去。月亮染上了稀薄云层的青斑，周围一圈散漫的月光。

“你可别说我耐不住性子，”安说道，“我一直乖乖坐着，直到尼古拉斯和戴维开始描绘他们的教育大计。如果是他们的大人物朋友感到难过孤单，比如说乔治，他们会立马飞回英国，**亲自**调制干马天尼酒并给猎枪装上弹药，但当戴维的亲儿子感到难过孤单，而且就隔了一堵墙，他们殚精竭虑地把他说得没那么可怜。”

“你说得对，”维克托一边打开车门说道，“最终，一个人必须反对残酷，至少要做到不去参与。”

“那件纽和林伍德品牌的衬衫下，”安说道，“是一颗金子般的心。”

那么早就得走吗？埃莉诺心想。该说的就是**这句**。她想起来了。迟来总好过不来，这也是一句，但不怎么适用于这一情况。有时候，一切都太迟了，甫一发生就为时已晚。有些人知道自己该说什么、该表达什么，而有些人——了解其他人的人——知道其他人说话想表达什么。天啊，她醉了。她双眼变湿润时，烛火看上去像利口酒广告，裂变成桃花心木色的光束。看来她醉得不够彻底，无法制止这些没头没脑的想法突突前进、潜入深夜，叫她没得休息。或许她现在能去找帕特里克。维克托和安刚走，那个谁便狡猾地偷偷溜了。也许他们也会放她走。但要是不放呢？她不能再遭受失败了，她不能再屈服。就这样，她又无所事事地待了一会儿。

“如果要说什么东西不算事儿，”尼古拉斯重复她的话，有些幸灾乐祸，“你不得不服维克托，他费尽心思遵循传统，传统便是从不找一个传统的女朋友。”

“论娱乐性，几乎没有什么比得过看一个势利眼的犹太人歪曲事实。”

“你请他来家里，真是心胸开阔。”尼古拉斯用法官似的语气道，“有些陪审团成员可能觉得这样的心胸过于开阔，但我不这么认为。”他语音低沉，调整了一下想象中的假发。“英国社会素来便有开放这一优点：往昔的奋斗者和野心勃勃的人——以塞西尔家族为例——在短短三四百年间便成了国泰民安的守护者。不过，只要是原则，不论原则本身多么值得赞美，都会误入歧途。媒体所谓的‘现存社会权力结构’，接受了带有可疑的闪米特族血统的危险知识分子，表面看是开放包容，至于实际是否扭曲了这一原则，这由你，也只能由你自己判断。

戴维咧嘴一笑。他来了兴致。毕竟，正因为生活有无穷无尽的令人生厌之事，才不至于让人跌入彻底的恐惧。他现在所要做的，就是甩开埃莉诺，她像一只仰面朝天的甲虫一样安静地挣扎；接着他得再来杯白兰地，安定地坐下和尼古拉斯八卦。太完美了。“我们去客厅吧。”他说道。

“好啊。”尼古拉斯说道，心知自己博得了戴维青睐，为了不失这份宠幸他不去看埃莉诺。他起身，饮尽杯中红酒，跟随戴维去了客厅。

埃莉诺仍旧僵坐在椅子上一动不动，自己能够完全独处，她感到幸运得难以置信。她的心思已直奔帕特里克而去、想同他和好，她的身体却仍凝滞于杯盘狼藉之前。有人来开门，埃莉诺惊跳起来。原来是伊薇特。

“噢，不好意思，夫人，我不知道您还在。”

“没事，没关系，我正要走。”埃莉诺抱歉道。她穿过厨房，从屋后的台阶上楼，避开尼古拉斯和戴维，又走过整整一条长廊，去看看帕特里克是否还在台阶上等她。他不在。他这么一走，她本该感到庆幸，但现在却只觉负罪感加剧，因为没能早点来哄他。

她轻轻打开帕特里克的房门，门轴的吱呀声叫她倍感折磨。帕特里克在床上睡着了。她没叫醒他，蹑手蹑脚退出房间。

帕特里克其实躺着没睡。他的心在狂跳。他知道是母亲来了，但她来得太晚了。他不会再叫她来了。他在台阶上等的时候，门厅的门打开了，他在那儿待着看是不是他的母亲，他躲了起来偷瞧，担心来人是他的父亲。结果是那个女人，她骗了他。每个人都叫他的名字，但他们根本不知道他是谁。终有一天，他会拿敌人的脑袋当球踢。

他妈的他以为他是谁？他怎么敢拿刀掀她的裙子？布丽吉特想象戴维坐在餐厅的椅子上，而她则掐住戴维的脖子，拇指紧扣他的气管。接着，她又莫名其妙地想象自己正掐着他、跌坐到他的大腿上，她感到他笔直地勃起了。“真恶心，”她发出声音来，“恶心透顶。”至少戴维很激烈，恶心的程度很激烈，但好歹是激烈的。反观尼古拉斯，不过是个彻头彻尾的胆小鬼，真可悲。至于其他人则无聊至极。她怎么可能在这栋屋子里多熬一秒?

布丽吉特想来根大麻烟，消消火。她打开行李箱，从备用的一双牛仔靴靴头里拿出一个塑料袋。袋里装着暗绿色的烟草，种子和茎秆都已剔除，还有一包橘色的瑞兹拉牌卷烟纸。她往一张可笑的哥特风书桌前一坐，夹在卧室的两扇圆形窗户之间。带凸印的一沓沓信纸收纳在最高的拱门处，两侧的小拱门里则放着信封。翻开的桌面上是一块黑色真皮书写板，板上是一大张吸墨水纸。她在纸上卷了一小根烟，接着仔细地把洒在外面的烟草扫回袋中。

为了营造更具仪式感、私密感的氛围，布丽吉特关了灯，坐在弧形的床沿处，点着了烟。月亮已高升至稀薄的云层之上，在露台上洒下深深的阴影。她深吸一口厚重蜿蜒的烟，享受地吸入肺部、沉淀，发现无花果叶发出惨白的光线，看上去仿佛是从旧白蜡中抠出来似的。她缓缓呼出烟，烟透过纱窗细密的孔洞，这时她听到窗户下方传来开门声。

“为什么运动夹克那么俗气呢?”她听到尼古拉斯问。

“因为穿这种衣服的，都像他那样可怕。”戴维答道。

老天，总是背后说人坏话，他们不会腻吗?布丽吉特纳闷。或者，至少，是说她不认识的人的坏话。还是说，他们说的人她认识?她微微闪过一丝羞耻和焦躁，因为她想到自己的父亲也穿运动夹克。或许他们正想方设法羞辱她。她屏住呼吸，一动不动地坐着。她现在能看到他们，俩人正抽着雪茄。他们开始走下露台，越走越远，交谈声也渐弱。她又抽了一口烟；烟头快灭了，但她一吸，又亮了。两个王八蛋八成正议论她呢，不过也有可能是她的臆想，因为她正飘飘欲仙。好吧，她的确嗨了，她就是这么臆想的。布丽吉特微微一笑。她真希望能有个人陪她犯傻。她舔舔手指，把烧得太快的烟头一侧掐灭了。他们正走回来，她再一次听到他们在聊什么。

“我想我不得不做出回应，”尼古拉斯说道，“用克罗伊顿的那番话——不过，他的追悼会上遗漏了这句——当时他被人看到从哈克尼区一个臭名昭著的公共厕所里出来。”尼古拉斯的语调升了一个八度，说道，“‘为了寻找美，无论美召我至何处，即便是最不赏心悦目的地方，我都会前往。’”

“这么说倒不赖，”戴维说道，“只不过表达俗气了些。”

第十二章

两人回到家后，安心情不错。她一屁股坐到沙发上，踢开她的鞋，点了根烟。“大家都知道你头脑很聪明，”她对维克托说道，“但我感兴趣的，是你那不为人所知的身体。”

维克托局促地笑笑，走到房间另一头倒了一杯威士忌。“在外的名声不代表一切。”他说道。

“过来。”安柔声下令。

“喝吗？”维克托问道。

安摇摇头。她看着维克托往酒杯里扔了两块冰块。

他走到沙发处，在她身边坐下，无害地微笑。

当她倾身吻他时，他从酒杯里捞出一块冰块，以惊人的速度把冰块塞进她的裙子上方。

“噢，天啊。”安倒抽一口气，想保持冷静。“沁人心脾得凉爽、醒神。以及湿漉漉。”她又说道，扭着身体，把黑色连衣裙下的冰块接着向下推。

维克托把手伸进她的裙子，娴熟地取出冰块，放入口中吸吮一番，接着又将它吐回酒杯里。“我想你需要凉快一下。”他一边说道，一边两手牢牢摁住她的双膝。

“噢，天啊。”安拉长音调地满足道，“抛开你的外表不谈，我能肯定你是个胃口不小的男人。”她一条腿搁在沙发上，同时伸出一只手摩挲维克托浓密的头发。她轻轻一拉，把他的头拉向因大腿抬起而拉伸的腿腱上。维克托亲吻她内裤的白色棉布，像衔葡萄一样衔住它。

埃莉诺睡不着觉，她套上一件日式浴衣，坐上了自己的汽车。她四周是白色真皮内饰，还有一包普莱尔牌香烟，还有从驾驶座底下取出来的一瓶科涅克，她莫名地飘飘然起来。她的幸福之后终得圆满：她打开蒙特卡罗电台，发现正在播自己最喜欢的曲目之一，《乞丐与荡妇》中的《我一无所有》。她无声地唱出“一无所有对我来说已经足够”，一边摇头晃脑，几乎丝毫不差地跟着音乐的节拍。

布丽吉特在月光下蹒跚走着，她手中的行李箱不停撞向膝盖。埃莉诺看到这情景时，心想，又来了，她肯定又产生幻觉了。那姑娘到底在干吗？好吧，很明显，她要离开。这么明目张胆的行为把埃莉诺吓得不轻。那么多年以来，她做梦都想躲开守卫室、悄无声息地溜走，眼下令她咋舌的是，竟有个新来的径直从大门走出去。沿着车道走下去，仿佛她是自由人。

布丽吉特将行李箱从一只手甩到另一只手上。她不确定箱子能否放到巴里的自行车上。整件事，缘起于她仓皇出逃。她抛下床上的尼古拉斯，他和往常一样，呼噜打得像一头罹患致命流感的死猪。之前的设想是，她把行李箱扔到车道尽头，一旦她和巴里碰头再回去取。她再次换手。如果你带着行李一起走，前方大路的诱惑绝对会大打折扣。

两点半在村里教堂见，巴里在晚餐前来电约定道。她把行李扔到一丛迷迭香里，暴躁地大舒一口气，听得出来，她与其说怕，不如说是怒。要是这个村子没教堂呢？要是她的行李箱被偷呢？这里离村子到底有多远？老天，生活真复杂。她九岁时曾离家出走，但又原路返回，因为她想到她一走，父母会在背后说什么，便受不了。

她走上通往村子的小路。布丽吉特发现四周都是松树。树影越来越厚重，直到路面上再也看不到月光。一阵微风拂动高树的枝丫。布丽吉特满是害怕，突然停了下来。事到如今，巴里真的是个有趣的人吗？两人约定好之后，他说道："不见不散！"当时，她满脑子想逃离尼古拉斯和梅尔罗斯一家，被冲昏头脑，竟然连生气都忘了，不过现在，她意识到这有多么气人。

埃莉诺正在想，是否再去拿一瓶科涅克（在车上就得喝科涅克，因为足够提神），抑或回去睡觉、喝杯威士忌。不论如何，她都得回屋。她正要开门，再次看到了布丽吉特。这次，她正摇摇晃晃拖着行李箱，沿车道往上走。埃莉诺冷眼旁观。她打定主意，不会因任何事大惊小怪。或许，布丽吉特每天晚上都这么做，为了锻炼。又或许，她想搭车去个地方。只要布丽吉特不久后便回屋，埃莉诺不想插手，她选择旁观。

布丽吉特感觉听到了广播声，但叶子的沙沙声盖过了广播声。她对这次冒险行为有些动摇，并且相当羞愧。以及她的双臂快断了。好吧，算了，至少她坚持过自己的主张了，或多或少。所幸，尼古拉斯肯定还在睡，仿佛一头被下药的大象，根本听不到丁点声响。可要是她吵醒了戴维呢？怪胎。她关上身后的门，又发出一声嘎吱声。她蹑手蹑脚走过长廊，听到了动静，先是类似呻吟的一声，随后是类似吃痛而发出短促的尖叫。

戴维惊叫着醒了过来。为什么人们总他妈说“不过是个梦罢了”？他的梦魇让他精疲力竭、把他折腾得不成人形。这些梦魇似乎导致了一种更深层次的失眠，他迷糊地睡着后等着他的，是不得安息。这晚，他梦到自己成了雅典机场的那个瘸腿。他能感到自己的四肢盘虬如葡萄藤桩，晃动的脑袋左探右探，当他奋力向前时，他那双贱手同时在扇自己的耳光。在候机室里，所有乘客都是旧相识：拉克斯特中部的酒保，乔治，布丽吉特，几十年前伦敦派对上的人，无一不在聊天、看书。他就在那里，一瘸一拐，穿过候机室，一条腿拖曳在身后，仿佛在说："你好呀，我是戴维 · 梅尔罗斯，希望你没有被这可笑的伪装骗到。"然而，他能做的只有呻吟，或者说他越来越急，只能发出尖叫，他向他们散发烤坚果的小广告，就连广告也撒不到位。他能看到，他们中的一些人面带尴尬，一些人假装面无表情。他听到乔治对邻座的人说道："这人真是实打实的可怕。"

戴维打开灯，摸到《乔罗克斯远足嬉游录》一书。他想，帕特里克会不会记得。当然，压抑一直存在，不过他自己的欲望似乎未能压抑住。他必须努力避免再犯，否则真得惹祸上身。戴维忍不住为自己的胆大而微笑。

帕特里克没有醒来，还在做梦，不过他能感到一根针头略过肩胛，又从胸口穿出。一根粗粗的线正把他的两片肺叶缝破麻袋似的缝合起来，直到他无法呼吸。恐惧犹如黄蜂在他面前盘旋，躲躲闪闪、弯弯绕绕，在空中横冲直撞。

他看到那个在林子里一路追着他跑的阿尔萨斯犬，感觉自己再一次地在窸窸窣窣的黄叶中飞奔，步伐越来越大。狗越追越紧，就快追上他之际，帕特里克开始大声做加法。最终，他身体离地，不断飘升至树顶，他俯瞰树冠，仿佛看着船舷一边的海藻。他知道，他千万不能睡着。在他下方，阿尔萨斯犬突然止步于一簇枯叶堆上，拿嘴衔起一根枯枝。

图字：09－2018－1302号

图书在版编目(CIP)数据

算了/(英)爱德华·圣奥宾(Edward St Aubyn)著；邹欢译.—上海：上海译文出版社，2020.7
书名原文：Never Mind
ISBN 978－7－5327－8384－7

Ⅰ.①算…　Ⅱ.①爱…②邹…　Ⅲ.①中篇小说—英国—现代　Ⅳ.①I561.45

中国版本图书馆CIP数据核字(2020)第103042号

算了
[英]爱德华·圣奥宾　著　邹欢　译
责任编辑/顾真　装帧设计/山川制本

上海译文出版社有限公司出版、发行
网址：www.yiwen.com.cn
200001 上海福建中路193号
杭州宏雅印刷有限公司印刷

开本 787×1092　1/32　印张 6　插页 5　字数 67,000
2020年8月第1版　2020年8月第1次印刷
印数：0,001—6,000册

ISBN 978－7－5327－8384－7/I·5142
定价：56.00元